KB157359

봉순이 언니

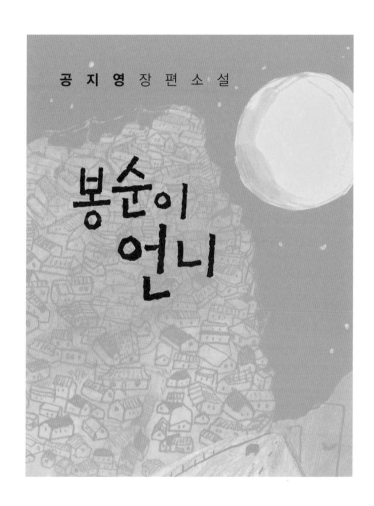

공지영 장편소설

봉순이 언니

해냄

다시 잎이 필 때까지,
혹은 꽃이 질 때까지

가끔 눈 내리고
바람 불고 하는 일들이

일어나리라.

I

전화를 끊고 나서도 한참 동안 나는 창가의 탁자를 떠나지 못하고 그 자리에 앉아 있었다. 새로 이사한 집의 창은 남쪽으로 나 있어서 초봄의 까실까실한 햇살이 아침부터 낡은 커튼의 올 사이로 스며들고 있었다. 그랬기 때문인지 전화기 번호판 사이의 아주 작은 틈새에 낀 오래된 먼지들이 새삼스레 눈에 띄었다. 1하고 2 사이 2하고 3 사이……. 다만, 4하고 1 사이, 그리고 2하고 1 사이, 8하고 9 사이의 모서리들만 그 먼지들로부터 희미하게 벗어나 있었다. 4하고 1 사이하고 8하고 9 사이하고는 아마도 부모님 댁의 전화번호를 누르기 위해

자주 사용했기 때문에 그렇게 된 것 같았다.

　그러고 보니 한 달 전 아직 바람이 찼던 겨울날 이 산비탈의 동네까지, 이삿짐센터의 인부들하고 언성까지 높이며 웃돈 싸움을 하고 난 이후로 어머니에게만 전화를 걸었을 뿐 전화기를 써본 일이 거의 없었다. 아니, 있긴 했다. 가스를 설치하고 전화를 신청한 것은 아마도 전화가 나오기 전 주인집 전화를 빌려 썼으니까 이 전화기를 사용한 것은 아니었고, 마치 너무나 오래도록 미워했던 누군가하고, 마지막 오기까지 다 짜내어 전투라도 치르는 듯이 몇 날 며칠 밤을 이삿짐을 정리하고 새벽녘에야 잠이 들었던 날, 갑자기 이 창으로 들어오는 부신 햇살에 눈을 떴을 때, 하얗게 눈앞으로 다가오는 아직 풀냄새가 풀풀 나는 새 집의 낯선 벽지와 자리를 바꾼 가구들을 망연히 바라보다가는, 그런데 왜 이렇게 동네가 조용하지 하는 생각을 하면서 겨우 침대에서 몸을 일으켜 중국집에 전화를 걸었던 것이다. 물론 중국집에서는 전화를 받지 않았다. 시계를 보니 아침 7시 반경이었다.

　하필이면 중국집에 전화를 걸었던 것은 사실은 짬뽕 국물이라도 좀 먹고 싶었던 생각에서였겠지만, 전에 이 방에서 살던 사람들이 창문 모서리에 중국집 전화번호가 적힌 스티커를 붙여놓지 않았으면 어림도 없는 일이긴 했다. 하지만 새로 이사 온 이 조용하고 낯선 동네의 중국집 번호 외에는 어느 누구에게도 전화를 걸고 싶지 않을 만큼, 그리고 사실은 중국집에서조차 전화를 받지 않은 사실에 감사하게 되었을 만큼 나는 사람들에게 지쳐 있던 중이었다.

그러나 사실은 나는 그때 벌써 봉순이 언니를 생각했다. 그것은 이십몇 년 만의 불현듯한 회상이었다. 나는 벌써 방금 통화를 끝낸 어머니가 내게 전해줄 말을 예감했는지도 모르겠다. 하필이면 봉순이 언니를 생각했으니까 말이다.

"봉순이가 또 없어졌단다."

어머니는 요즘 가뜩이나 날카로워져 있는 나에게 거슬리지 않겠다는 듯 말했다.

"어제 모래내 이모가 결혼식에서 우연히 대지골 사람을 만났는데 그랬다더구나. 떠돌이 개장수하고 눈이 맞은 것 같다는데, 세상에 아비 다른 애들 넷을 놔두고서 남부끄럽지도 않은지……."

"애들이 아직 한창 학교 다니잖아. 근데 어디로 도망을 갔다는 거야?"

"그걸 알면 이러고 있겠니? 큰애야 저번에 광양으로 시집갔고 다른 애들도 다 컸긴 했다만은, 애들한테는 돈 많이 벌어서 곧 데리러 오마고 하긴 했다는데, 뭐라고 했던 간에 기가 막히지 않겠니. 뭐 더 물어보려고 해도 어차피 내가 끝까지 책임도 못 질 건데 물어봐선 뭐하나 싶어서. 아니다. 내가 괜히 심란해서…… 너한테까지 이런 말 할 건 없는데…… 그런데 왜 그런지 일이 손에 안 잡히는구나. 남자 따라갔다고 하지만 걔가 사실 인물이 곱니, 몸이 이쁘니? 낼모레면 할머니 소릴 들을 다 늙은 걸 호강시키려고 데려갈 놈이 어디 있겠니. 일이야 억척스레 잘 하니까 누가 꼬셔서 데려다가 부려먹겠지. 지난번에 그 목수 놈인가 뭔가를 따라가서는 현장에서 일만 해주다가 애만 하나 더 달고 돈 한 푼 없이 쫓겨 오지 않았겠니. 사람 산다는 게 뭔지. 어릴 때 팔자 사납더니 끝내 좋은 꼴 한번 못 보고…… 글쎄, 아니다. 넌 신경 쓸 거 없다. 책은 잘 팔리니?"

나는 아무 말도 하지 않았다. 입을 다무는 어머니의 말 속에 맴도는 못다 한 말을 나는 알고 있었다. '네가 글을 쓰는데, 그런 심란한 얘기는 뭐하려고 하니. 다 지 팔자지. 걔가 어떻게 살든, 남은 아이들이 어떻게 살든 사실 우리하고 이제사 무슨 상관이겠니. 핏줄도 아닌데 네 일이나 해라, 네 일이나……' 뭐, 그런 말이 될 터였다.

내 쪽의 심란한 기색을 눈치챘는지 어머니는 갈팡질팡 이야기를 마치고는 전화를 끊었다. 전화가 막 끊기려고 했을 때 나는 문득 짧게 어머니를 불렀다. 하지만 이미 전화는 끊어져 있었다. 내가 어머니에게 마지막으로 덧붙이려던 말은 무엇이었을까. '아니, 엄마, 쉰이 다 된 그 나이에 정말이란 말이에요? 애들 넷을 놔두고' 같은 말이었을까? 아니다, 그건 아니다. 나는 안다. 봉순이 언니는 그럴 수 있었다. 쉰을 넘어 예순으로 치달리는 나이라도 그럴 수 있으니까 봉순이 언니였다. 처음엔 의붓아버지에게서 도망쳤고, 교회 집사네 집에서 도망쳤으며, 세탁소 총각과 눈이 맞아 도망쳤고, 그다음엔 떠돌이 목수와, 그리고 이번엔 개장수……. 전화기를 다시 들까 말까 망설이다가, 나는 이상한 무기력감에 사로잡혀 꼼짝도 하지 않고 있었다.

나를 사로잡았던 무력감이란 것은 예감이었다. 나는 가끔 어떤 알 수 없는 예감 때문에 자주 진저리를 치곤 했다. 몇 년이나 소식을 끊고 살던 대학 선배가 난데없이 꿈에 보이는 다음 날이면 그 선배가 음독자살했다는 소식을 듣기도 했고, 멀리 미국으로 시집간 친구와 옛 교정을 거니는 꿈을 꾼 어름이면 어김없이 그 친구에게 반가운 전화를 받기도 하고 그랬다. 그런데 봉순이 언니 생각을 이 집에 이사 오자마자 했던 것이다. 이삿짐을 정리하고 눈을 뜬 아침, 왜 이렇게 이 동네는 조용할까 하는 생각을 하면서 말이다.

그러자 갑자기 나는 운명론자가 되어버리는 것 같았다. 태어날 때부터 우주의 모든 기운이, 별의 위치와 지구의 자전 방향과, 화, 수, 목, 금, 토 다섯 가지 성분이 태어나는 한 인간의 연약한 살 틈으로 파고들어 그가 다시 태어나기 전에는 절대로 그 손아귀에서 벗어날 수 없다는 생각들. 만일 그것이 사실이라면, 그렇다면 언니가 넷이나 되는 아이들을 버리고 도망을 쳤다 한들, 아니다, 그도 아니면 설사 도망을 치다가 죽었다 한들, 아니 또 그도 아니면 지금 당장 내가 죽었다 한들 슬프거나 회한에 젖거나 하는 것들이 대체 무슨 소용이란 말일까. 우리의 몫은 닥쳐온 운명 앞에서 황망해하면 되는 것일 터인데. 그저 산다는 게 뭔지, 그렇게 중얼거리고 나면 될 뿐이었다. 하지만……

2

누군가 내게 묻곤 한다. 고향이 어디세요. 서울이에요. 대답하
고 나면 나는 언제나 태어날 때부터 뜨내기였던 것 같은 이상한
느낌에 사로잡히곤 한다. 하지만 내가 태어난 1963년, 스스로
혁명이라 부른 쿠데타를 성공시킨 박정희가 드디어 제3공화
국을 연 그해, 전국 각지에서 학생들의 데모가 끊이지 않았고,
대한중석 등 3개 국영 업체 광업 노동자들의 임금 인상 시위
가 일어났던 그해, 미국에서 케네디가 암살되었으며 한강나루
엔 동양 최대 규모의 휴양지 워커힐이 건립되어 우리의 누이
들이 짧고 통통한 허벅다리를 외국인들 앞에서 번쩍번쩍 들

어 올리기 시작하던 바로 그해, 겨울에는 엄청난 추위가 닥쳐서 개항 80년 만에 인천 바다가 70센티미터나 얼어붙었다는 그해, 1963년 겨울. 하지만 봄이 오고 여름이 시작되자 서울에는 작고 귀여운 채송화도 피었고 강아지풀도 자랐으며 조금만 걸어가면 머리카락처럼 가느다란 모가 심어진 좁은 논도 있었다. 오리가 있고, 거머리가 많던 작은 개울들. 모래내역 앞을 천천히 지나가던 마차와 마부들, 지금은 지하철 충정로역이 된 서대문 근처를 쨍그랑쨍그랑 종을 울리며 지나가던 전차. 무꽃 피어 나비가 날아다니던 개천 둑. 우리는 난지도로 수영을 갔고, 모래내 강둑에서 스케이트를 배웠다. 신촌 로터리 둥근 분수 가장자리를 장식했던 보라색 팬지꽃은 그때 얼마나 이국적이었는지.

그랬다. 나의 고향은 서울이었다. 그리고 내 고향 채송화꽃 핀 서울의 한 귀퉁이에는 나와 봉순이 언니가 있었다.

3

내 머릿속으로는 마치 조감도보다 더 선명히 아현동의 산 동네가 떠오른다. 지금 당장 외투를 걸치고 찾아가라 해도 골목 하나 틀리지 않고 찾아갈 수 있을 만큼 선명한 동네. 구불구불 끝도 없이 이어진 산 비탈길, 돌과 가마니에 싸인 흙으로 이어진 계단들, 버드나무가 서 있던 집 골목, 토끼장처럼 붙어 있던 지붕 낮은 집들. 깊은 우물 속에 신기하게도 빨간 금붕어를 키우던 절름발이 할머니 댁. 아침이면 보라색 나일론 망태기를 들고 시장으로 일하러 가던 아낙네들. 나보다 열 배는 커 보였지만 늘 침을 질질 흘리고 다니던 지금은 이름도 잊은 어떤 사내.

나는 거기서 나서 거기서 자랐다. 미국 유학을 준비하고 있던 무력한 아버지와 고생 모르고 자라 이 가난이 끔찍하기만 해서 예민할 대로 예민해진 어머니, 이미 커서 초등학교엘 다니던 언니와 오빠, 그리고 봉순이 언니가 있었다. 생각해보면 이 세상에 처음 태어난 나의 얼굴을 본 사람은 봉순이 언니였다. 실망스럽게도 태어난 아이가 딸이라는 사실을 어머니에게 알려준 것도 그녀였고, 나를 낳느라 몸이 약해져버린 어머니를 대신해 핏덩이를 안고 잠을 설쳤던 것도 그녀였다. 그때 봉순이 언니 나이 열세 살이라고 했다.

4

내가 태어난 집은 대문을 열고 삐뚤삐뚤한 돌계단을 열 개쯤은 내려가야 현관이 나오던 곳이었다. 오른쪽으로는 주인이 사는 커다란 안채가 있고, 그 안채 못 미쳐서 왼편으로 방이 두 칸 있는 낡은 양철지붕 집이 우리 집이었다. 안집 마당엔 벌겋게 녹슨 양철 드럼통에 뿌리를 박고 자라던 석류나무가 있었고, 그 석류나무 아래에는 언제나 가을이면 그 집으로 들어와 다음 해 여름이면 어김없이 잡혀먹히던 누런 강아지들이 자라고 있었다. 어머니는 내가 태어나기 이전부터 그 집에 세 들어 '집주인의 착한 마음씨' 덕에 벌써 여러 해를 어려운 삼십 대를 보내고 있는 중이었다.

우리가 쓰는 마당은 주인집과는 좀 떨어져 있었다. 어머니는 주인집과 우리가 사는 집 사이의 마당에 마치 경계선이라도 긋듯이 사과 궤짝을 이어놓고 흙을 담고 해바라기를 심어놓았다. 지금 와서 생각해보면 왜 하필 호박이나 오이, 그도 아니면 고추나 가지라도 심지 않고 해바라기였을까 하는 생각도 든다. 실제로 쌀이 떨어지기를 겟날 돌아오듯 했다고 어머니가 회고하던 그 시절이었는데 말이다. 가을이면 봉순이 언니가 해바라기 씨를 따서 우리들은 식사와 식사 사이에 간식으로 그것을 얻어먹기도 했지만, 그것은 아이들에게나 어머니에게나 눈곱 사탕만큼도 도움이 되지 않았다. 그래도 어머니는 해마다 해바라기를 심고 꽃이 피면 그 황금빛 갈기 같은 꽃잎을 보며 우리들에게 말했다. 참 예쁘지 않니?

어쨌든 어머니가 외가에서 경영하는 남대문 시장의 가게로 나가고 언니와 오빠가 학교로 가고 안집조차 비워지면 그 마당엔 늘 봉순이 언니와 내가 남았다. 봉순이 언니는 내리쬐는 햇빛을 피해 마당 한쪽 담 그늘 밑에, 모서리가 둥그렇게 닳아 빠진 빨래판을 깔고 앉아 나를 그 무릎에 앉히고는, 그때는 아직 작았던 내 손톱이랑 발톱에 봉숭아 물을 들여주었다. 하지만 무엇보다도 내가 언니 곁을 떨어지지 않으려 했던 이유

는 다른 데 있었다. 봉순이 언니는 언제나 이야기를 들려주는
사람이었던 것이다.

5

"그렇게 돼갔구, 갸는 아무것두 모르구 새어미가 시키는 대
로 심부름을 갔던 겨. 먼 데를 댕겨오다 보니께 돌아오는 길에
그만 깜깜한 밤이 되어버렸댜. 그래두 갸가 착했으니께 무서
운 것을 꾹 참구설라므네 열심히 집으로 달려왔지. 집 앞 대문
에 당도해설랑은 지 새어미를 불렀어. 엄니이이, 심부름 갔다
왔슈우······."

언니는 이 대목쯤에서는 목소리를 괴기영화의 그것처럼 가
늘게 떨며 무릎에 앉혔던 나를 조금 떼어놓았다. 나는 다음
말이 무엇인지 다 알고 있었지만 언제나 무서움에 사로잡혀

서 언니에게서 떨어지지 않으려고 했다. 하지만 만일 언니에게
떨어지지 않으려고 했다가는 이야기를 다 들을 수 없다는 것
도 알고 있었으므로 잠깐의 무력한 승강이 끝에 언니와 하는
수 없이 조금 떨어져서, 하지만 언니의 검정치마 한 꼬리는 여
전히 꼭 잡은 채 무서움을 참고 있었다. 언니는 내가 무서워하
는 것이 귀여워 못 견디겠다는 듯 웃음을 잔뜩 참은 얼굴을
감추며 내게 말했다.
 "그러자 이게 어떻게 된 일인겨? 사람도 읎는데 문이 스르
르 열리는 거여. 갸가 집으로 들어갔지. 근데 이게 또 무슨 일
이랴? 아까 낮에 심부름을 갈 때까지만 해두 멀쩡하던 집이
다 없어지고 캄캄한 빈터만 남은 거여. 갸는 집을 잘못 찾아
왔나 하고 대문 밖으로 다시 나가보았지. 집 앞의 골목길에 서
있는 버드나무며 옆집이며 모두 다 그대로야. 시방 내가 꿈을
꾸는 것두 아닐 테구, 여긴 분명 우리 집인디. 갸는 다시 대문
안으로 들어갔지. 역시 거시기여. 깜깜헌 속에서 두리번거리
고 있는디 누가 갸의 이름을 불러. 돌아보니께 등 뒤에서 대문
이 덜컹, 닫히고 말았어. 잠긴 거여. 가서 문을 흔들어보구 빗
장을 벗겨볼려구 아무리 해두 소용이 읎어. 이자 갸는 나갈
수도 없게 됐는데, 그러자 모습은 안 보이구설라므네 갸 새어
미의 목소리가 들렸어. 무울이 다아 ㄲ을어었다아⋯⋯ 어서

아이를 잡아먹을 준비를 해에라아……."

이쯤 되면 나는 무서움에 사로잡혀 언니의 치마끈을 더욱 움켜잡았다. 그러면 봉순이 언니는 용수철처럼 발딱 일어나 내가 부여잡고 있는 치마꼬리를 억지로 떼어놓고는 한껏 목소리를 높여 말했다.

"무울이 다아 끄을어었다아…… 어서 짱이를 잡아먹을 주운비이를 헤에라아……."

장난이겠지, 이건 장난이겠지 하면서도 당황해 바라보면 어느 순간 봉순이 언니는 없었다. 시멘트를 얇게 펴 바른 마당에 햇빛이 하얗게 튀어 오르고, 이어서 해바라기의 황금빛 갈기 같은 꽃 이파리가 부옇게 부풀어 오르고 나면 빛바랜 잿빛 기와지붕, 초라한 집 안의 풍경이 모두 지워지고 나는 그 이야기 속의 아이처럼 빈집에, 햇빛만 미친 듯이 백색으로 끓어오르는 빈집에 서 있는 것이다. 그 공포는 그 당시보다도 그 이후의 내게 끊임없이 영향을 미쳐댄 것이었는데, 나는 스물몇 살이 넘어서 집에서 독립할 때까지 학교에서 돌아와 아파트의 현관 벨을 누를 때마다, 집안 식구 누군가가 문을 열어주기까지의 몇 초 동안 공포에 사로잡히곤 했었다.

마치 문이 열리고 집 안으로 들어간다 해도 식구들도 모두 사라져버리고, 백색의 햇빛 내려 부수어지는 하얗게 바랜 집

터만 남아 있을 것 같은 환상들. 어쨌든 어린 시절의 언니는 내가 그 이후에 계속 누리게 될 그 이상한 공포는 전혀 생각하지 못했는지 하얗게 질려 서 있는 나를 향해 다시 장난을 시작했다.

"짱이르을 자압아머억자아…… 무울이 다아 끄을어었다 아아……."

나는 그러면 뒤꼍으로 뛰어가 내 키보다 훨씬 큰 싸리 빗자루 뒤에 아슬아슬하게 몸을 숨기고는 내가 뛰어오는 모습을 고소한 표정으로 훔쳐보고 서 있는 언니의 치맛자락을 이 세상 끝나도록 놓지 않겠다는 듯이 움켜잡았고, 울음은 그다음에야 터뜨렸다. 그러면 언니는 나를 번쩍 안아 뱅그르르 재주도 좋게 등 뒤로 돌려 업었다. 언니의 눈앞에서 등 뒤로 옮겨지는 그 찰나라고밖에 할 수 없는 그 시간이 주는 기분은 무서운 이야기보다도 짜릿한 것이어서 나는 그저 언니의 뜨뜻하고 넓적한 등에 얼굴을 박고는,

"또 그러면 엄마한테 이를 거야, 목욕탕 가서 빠뜨린 거 다 이를 거야."

하고 협박을 해댔지만 기실 나의 마음은 어느새 언니의 얼굴에서 가슴으로, 그리고 언니의 등으로 울려 퍼져 내 앞가슴을 콩콩 때리는 봉순이 언니의 웃음소리에 풀어져 있곤 했다.

그러면 봉순이 언니는 나를 풀썩 고쳐 업고는 동네로 마실을 가곤 했다. 언니의 등 뒤에서 사실은 언니의 따뜻한 체온에 이미 마음이 풀어져버려서 해댔던 협박은 이런 것이었다.

그 당시 동네의 산비탈을 다 내려가서 아현초등학교 못 미친 곳에 목욕탕이 생긴 이후로 어머니는 우리들을 일주일에 한 번씩 동네 목욕탕으로 보내곤 했었는데, 언제나 나를 그곳에 데리고 가는 것은 봉순이 언니였다. 새로 나온 빨갛고 파란 예쁜 플라스틱 대야에 빨랫비누와 수건을 챙겨가지고 우리는 목욕탕으로 갔다. 언니가 빨랫비누를 아껴가며 긴 머리카락을 감는 동안 나는 물이 가득 찬 대야에 비눗갑 뚜껑으로 배를 띄우며 장난을 치거나 했는데, 한번은 언니가 무슨 생각인지 커다란 욕조 가장자리 발 디딤판에다 나를 앉혀놓고 어디론가 가버렸다. 물살 때문이었을까 어느 순간 나는 가라앉고 있었다.

지금도 그 느낌만은 생생한데, 나는 아주 느리게, 마치 태아가 양수 속에서 천천히 헤엄치듯 부드럽고 편안하게 가라앉고 있었다. 만일 그때 한동안 나를 그냥 놔두었더라면 어쩌면 팔다리에 부드러운 지느러미가 돋고 가슴팍에 참빗처럼 붉고 선연히 촘촘한 아가미가 생겼을지도 몰랐을 것이다. 하지만 나를 잡아채는 아낙들의 억센 손길이 느껴졌고 나는 그제야 놀

라기 시작했다. 벌거벗은 여자들이 산발을 하고 몰려 있는 목
욕탕이 한바탕 소란해졌고, 봉순이 언니는 비누 거품이 다 가
시지도 않은 머리를 보기 싫게 풀어 헤치고 나를 아프게 껴안
았다. 그러자 누군가가 내 머리에 찬물을 끼얹었고 나는 소스
라치게 울기 시작했다.

언니는 이제 막 봉긋 돋기 시작하는 젖가슴에 미끈미끈한
비눗기를 다 씻어내지도 않은 채 내 얼굴에 자신의 얼굴을 비
비며 훌쩍거리고 있었다. 언니의 머리카락에서 헹구어내지 않
은 비눗물이 내 얼굴로 뚝뚝 떨어졌고 눈가가 쓰려왔다. 나는
언니를 거세게 밀쳐냈다. 언니는 그것이 비눗물 때문이 아니
라 자신에 대한 나의 원망 때문인 줄 알고는 미끈미끈한 가슴
에 나를 더욱 비벼대면서 어쩔 줄 몰라 했다.

"짱아. 괜찮여. 이 일을 어쩐다. 세상에 내가 미친년이지. 내
가 잘못했어. 짱아."

6

그날 저녁 둥그런 두레상에 식구들이 모인 저녁 식사에서 내가 그 이야기를 엄마에게 재잘거리지 못했던 것은 언니가 지레짐작하는 대로, 내가 어린 나이에도 자기를 생각해주는 기특한 마음을 가지고 있기 때문은 아니었다. 그날 저녁 언니와 오빠, 그리고 봉순이 언니까지 식구 수대로 밥을 푸고 어머니는 저녁 생각이 없다시며 나를 들추어 업어버렸던 것이다. 나는 아마 낮에 겪었던 일들 때문에 몹시 피곤했는지 밥을 달라는 말도 잊고 엄마 등에 묻혀 그대로 잠들어버렸다. 깨어보니 가좌역 앞이었다. 어둑어둑한 길. 마부들이 말들을 몰고 집

으로 돌아가는 모습이 희뿌연히 보였다. 느릿느릿 걸어가는
그들을 스쳐 지나 우리도 걸었다. 어머니 등에 업혀 그렇게 가
다가 쨍그렁쨍그렁 말 방울 소리에 언뜻 돌아보니 말은 순한
얼굴을 하고 역시 그렇게 순한 얼굴의 마부를 따라가고 있었
다. 이상한 일이었다. 내가 기억하는 마부의 얼굴과 말의 얼굴
은 언제나 비슷한 인상이었다.

　나는 두 손을 엄마의 겨드랑이에 끼고 얼굴을 등에 묻었다.
다시 깨어보니 이번에는 모래내 이모 댁이었다. 엄마보다 손
아래인 이모의 얼굴이 보였고 어머니가 막 숟가락을 놓고 계
셨다.

　"짱아도 밥 먹자, 어여."

　이모는 내게 숟가락을 쥐어주고는 전구에 끼워 기우던 이모
부의 양말을 다시 집어 들었다.

　"그래, 봉순이 그 철없는 것이 솥이 텅텅 빈 것도 모르고, 언
니가 먹을 밥까지 다 먹었단 말이야?"

　"어떻게 하니? 그 나이에 저도 배가 고프니까 모른 척하는
거겠지. 저번 주인집에서 그렇게 애를 굶겨놔서 갠 밥이 하늘
이야. 밥 푸면서 밥알 하나 흘리기라도 하면 얼마나 내 눈치를
보는지. 내가 그러지 말라고 일러도 그게 안 돼. 사실 내가 개
를 보기는 여덟 살부터 봤고, 데리고 있기는 열 살 때부터니

딸이나 마찬가지지."

그건 처음 듣는 이야기였다. 봉순이 언니는 내가 태어나는 것도 보았다고 했다. 의사가 부르기에 방으로 들어가 보니 사과처럼 새빨간 얼굴을 한 아기가 있었는데 그게 나라고도 했다. 언니는 섭섭하게도 나의 탄생을 묘사하면서 한 번도 예뻤다거나 귀엽다거나 하는 말을 쓰지 않고 단지 사과처럼 빨갰다고만 했다. 어쨌든 어머니가 나를 낳고 사흘 만에 위경련으로 쓰러졌을 때 버스로 다섯 정거장이나 되는 길을 뛰어가서 의사를 불러온 것도 언니라고 말하지 않았던가. 나는 내가 있기 이전에도 다른 사람들은 살아서 도망치고 쓰러지고 배고프고 했다는 걸 처음으로 이해하기 시작했다.

"세상에, 그 집도 그렇지. 교회 집사라는 사람들이 집도 멀쩡하게 살면서 애를 굶겨? 참, 있는 사람들이 더 무섭다니까. 지난번에 언니가 그 집에 세 들어 살 때도 얼마나 못되게 굴었수."

"있는 사람들 무섭지. 조금이라도 말을 안 들으면 글쎄 그 어린것을 굶기기도 하고 평소에는 솥에다가 밥을 안칠 때 쌀을 밑에다 깔고 그 위에는 보리쌀을 얹어서 봉순이는 보리밥만 퍼준 모양이야. 게다가 애를 얼마나 팼는지 옷을 벗겨보니까 매 자국이 뱀처럼 온몸을 휘감아가지고는 성한 데가 없는 거야. 이는 또 왜 그렇게 많은지 서캐가 한 말이었다니까. 그 어린 게 비비 말라 비틀어져가지구는 가엾어서 쳐다볼 수가 없더라구. 내가 그때 냉천동 그 집사네 집에 세 들어 살면서 안집 식모인 그 애가 하두 불쌍해서 남은 밥도 주고 누룽지도 주고 하니까 이 녀석이 우릴 따라 도망 온 거 아니니. 우리가 냉천동에서 아현동으로 이사 올 때 그 애가 그 집에서 도망쳐서 우릴 쫓아왔길래 얼마나 놀랐는지."

"그래, 그때 그래서 그 집사라는 사람이 봉순이 잡으러 아현동 집까지 찾아왔잖아."

"그래, 그랬지. 와서는 우리 집을 다 뒤지고 그랬지. 내가 그럴 줄 알고 봉순이를 중림동 친정에 맡겨놓았잖니."

"언니, 그건 나도 생각나. 그때 내가 친정에 가보니까, 봉순이 그게 비비 말라가지고 얼마나 겁을 먹고 있던지. 내가 친정 간 길에 봉순아 이젠 괜찮다 해도 그 왜 쌀가마니 쌓아놓던 골방에서 나오지도 않고 그러더라고."

"믿는다는 사람들이 애를 데려다 그 짓을 했으니…… 참."

"믿는다는 사람들이 어째 그랬을까. 하지만 또 생각해보면 봉순이 고것도 당돌해. 그때 고작 열한두 살 아니유? 어떻게 언니를 쫓아서 도망 올 생각을 다 했을까. 먹고살기도 힘든 집에 말이야."

"사람이 그리웠던 게지."

"하기는 그 전에 집에서도 도망 나왔다고 했지. 대체 그게 몇 살 때야?"

"아마 예닐곱 살 먹었을 때겠지. 의붓아버지가 자꾸 패니까 글쎄 속옷 보따리를 자줏빛 보자기에 싸서 도망쳐 나왔댄다. 얼마나 우습니. 글쎄, 그 빤스하고 란닝구라는 게 다 떨어진 누더기였을 텐데 말이야."

어머니와 이모는 소녀처럼 깔깔거렸다. 나는 밥을 먹으면서 어머니와 이모의 대화를 듣고만 있었다. 깻잎을 하얀 밥 위에 얹으면서 나는 봉순이 언니의 얼굴을 떠올렸다. 떠오르는 봉순이 언니는 참 뭉툭한 얼굴을 가지고 있었다. 어렸을 때 물마마를 앓았다던가, 살짝 얽힌 얼굴, 쌍꺼풀 없이 두터운 눈꺼풀, 뭉툭한 코, 아랫입술이 윗입술보다 더 삐져나온 입매무새. 하염없이 길어서 거의 엉덩이까지 내려온 윤기 없는 머리카락. 언니의 얼굴 어디에도 도망치는 자 특유의 당돌함은 없었다.

"그러다가 지 에미가 어떻게 친정에 맡긴 모양이라. 새 남자에게서 아들도 태어났고. 그래, 갸가 외할머니네 집으로 어떻게 갔는데 숙모라고 뭐 지 먹고살기 힘든데 시댁 조카가 뭐가 반갑겠니. 창경원에 벚꽃놀이 가자고 애를 꼬드겨가지고는 그 사람 많은 데서 손을 놓아버린 거라."

어머니는 숭늉 밑에 남은 밥알을 숟가락으로 훑어 내게 떠먹이며 차근차근 말했다.

"그놈의 창경원 벚꽃놀이에서 부모 잃은 아이들이 그렇게 많대잖아, 글쎄."

"지난번에 김밥 싸가지고 창경원에 갔을 때 내가 얼마나 놀랐는지. 글쎄 개가 꼭 여섯 살 먹은 애모냥 내 손을 붙들고 놓지를 않는 거야. 그래 내가 봉순아 이 아줌마는 절대로 널 여기 빠뜨리고 가지 않는다, 타일렀지. 그러니까 알아요, 하고 조그만 목소리로 대답을 하는데 하얗게 질린 얼굴에 눈물이 글썽글썽해서는……. 그러니 타일러도 소용이 없어. 얼굴이 하얗게 질려가지구는 그 순한 애가 아무리 말해도 내 말을 듣지를 않는 거야, 내 치맛자락을 꼭 붙들고 말이야. 내가 그날 짱아까지 애들을 넷 데리고 얼마나 애를 먹었는지. 벚꽃이 하얗게 피었는지 노랗게 피었는지도 모르겠더라니까. 세상에 애가 둔하고 무던하기만 한 줄 알았는데 어린 마음에 그 기억이 꽤나 쓰라렸던 모냥이야."

"세상에 그랬구나. 어쨌든 그 외숙모라는 사람도 그렇지. 조카 아니야, 아무리 시댁붙이라고 해도 어떻게 사람들이 그럴 수가 있어."

"그러게 말이다. 그래서 고아원에 맡겨졌는데 어린애가 힘은 세고 일은 억척스레 하니까 그 고아원 원장인지가 집사네 집에 보낸 모양이라. 밥만 먹이고 일 시키라고."

"그런데 게서 보리쌀도 못 얻어먹고 매만 맞았다믄서."

양말을 깁던 이모는 혀를 끌끌 찼다. 이모가 맞장구를 치는 품새가 처음 듣는 이야기가 아닌 것 같은데도 두 자매는 싫증이 나지 않는 모양이었다.

"아무튼 세상 사는 게 말이야. 없는 사람이 없는 사람 심정 아는 거지. 있는 사람들이 무섭다니까."

7

돌아오는 길은 캄캄했고 멀었다. 이모네 집은 새로 조성되는 모래내 마을 맨 끝에 있었다. 거기서부터 10분쯤 걸으면 모래내 개천 둑, 우리는 그리로 돌아 나와 모래내 시장 입구 종점까지 걸어가 버스를 타야 했다. 검은 하늘 아래 모래내 개천 둑이 수평선처럼 시커멓게 펼쳐져 있었다. 언니와 오빠는 겨울이면 저 개천 둑에 스케이트를 타러 갔다. 그걸 구경하러 봉순이 언니와 나도 개천 둑에 서 있었던 적이 있었다. 둑을 따라 길게 몰아치던 찬바람과 가마니를 쳐서 바람을 막아 놓고 어묵을 팔던 간이식당의 그 노랗고 뜨거운 국물. 그 익숙한 풍경도 밤이 되자 사뭇 낯설어 보였다. 얼마 전에 내린 비 때문인지 진흙 창에 발이 푹푹 빠져 내 꽃고무신 위로 젖은 흙의 감촉이 선명했다. 초여름이었을까, 벌판처럼 펼쳐진 논에서 개구리들이 울고 있었다.

"엄마, 봉순이 언니는 우리 식구 아냐?"

밤이 이슥해서 걸음을 서두르는 어머니에게 끌려가듯 걷다가 내가 물었다.

"아니긴, 우리 식구지."

"그런데 어디에서 어디로 도망친 거야?"

그래도 친정붙이 집에 온다고 가지색 낡은 벨벳 한복을 꺼내 입은 어머니는 나를 보고 빙긋 웃더니,

"아무 일도 아니야. 봉순이는 우리 식구야. 짱아, 저기 별들 참 곱지?"

하고 말했다. 나는 봉순이 언니 일은 금세 잊어버리고 어머니를 따라 하늘을 올려다보았다. 별들이 무리 지어 빛나고 있었다. 동네에 가위를 울리며 다니는 엿장수 아저씨가 집어 주는 따뜻한 강냉이처럼 하얗고 동그란 별들 멀리 둑 아래 점점이 무허가 판잣집에서 나오는 호롱불들도 보였다. 어머니는 어느새 노래를 흥얼거리고 있었다. 옛날에 금잔디 동산에 매기, 같이 앉아서 놀던 곳……. 초등학교 여선생을 하다가, 열네 살

때 냉천동 집 앞에서 만나 8년을 연애한 아버지와 결혼한 어머니. 오빠의 이름은 항렬 때문에 그럴 수 없었지만 언니와 나의 이름은 소설의 주인공을 따서 지었다는 어머니는 새로 나온 소설은 빠짐없이 대본소에서 빌려다가 읽는 문학소녀였다.

8

그러는 사이 우리 집에 돌연한 변화가 생겨났다. 아버지가 돌아오신 것이었다. 나는 아버지에 대한 첫 기억을 부산함으로 기억한다. 고모들이 신문지에 돼지고기를 싸가지고 집으로 오고 가마솥 뚜껑이 뒤집어진 채로 연탄 화덕에 걸렸다. 녹두전이 부쳐지면서 돼지비계가 녹는 냄새가 집 안에 가득했고, 가을이면 주인집에 끌려와 이듬해 여름이면 어김없이 주인의 식탁에 오르곤 했던 주인집의 누렁이가 미친 듯한 허기로 짖어댔다. 봉순이 언니는 어머니와 고모들에게 쫓기듯, 나를 등에 업고 파를 사 오고 두부를 사 오고 부산을 떨었다.

하지만 낮의 부산함이 끝나고 어머니가 아끼던 희미한 알전구가 켜질 무렵에도 아버지는 아직 돌아오지 않았다. 어머니와 고모들이 골목을 서성거리고 좁은 마당이 달뜬 기다림으로 술렁거리기 시작했을 때 봉순이 언니는 나를 업고 주인집 부엌으로 갔다. 주인집 부엌에는 그 집에서 식모 일을 하던 정자라는 처녀가 막 상을 차려가지고 안집으로 들어가고 있는 중이었다. 언니는 언제 숨겨왔는지 녹두지짐 하나를 그 집 식모에게 내밀었다.

"숭늉은 내가 끓여놓을게. 천천히 밥 먹고 나와."

평소에는 그 둘은 그렇게 다정한 사이가 아니었다. 봉순이 언니 말에 따르면 그 집 식모가 자기는 주인집 식모이니 셋집 사는 사람의 식모인 너와는 격이 다르다며 자신을 깔본다는 것이었다. 하지만 녹두지짐을 받아 든 그 집 식모는 얼굴이 부드러워졌고, 이내 녹두지짐을 입 안 가득 우물거리며 물었다.

"짱아 아버지 미국에서 오시는겨?"

"그러엄."

"니 집두 부자 되겠네?"

"그럼."

봉순이 언니는 전에 없이 의기양양했고 안집 식모는 전에 없이 고분고분 상을 들어 안방으로 갔다. 봉순이 언니는 마당에서 물을 한 바가지 퍼서 가마솥에 붓고는 나무 주걱으로 솥을 박박 긁어 눌은밥을 만들었다. 거기까지는 그저 의례적인 행동이거니 했는데 문득 이상한 긴장감이 느껴졌다. 내가 얼굴을 묻고 있는 언니의 등으로 싸늘한 땀내가 풍겨왔던 것이다.

언니는 주인집 식모가 상을 가지고 안방으로 들어간 사이 부엌 구석에서 무언가를 쓰윽 손으로 집어내더니 서둘러 우리 집 쪽으로 걸었다. 봉순이 언니의 등에서 느껴지던 싸늘한 냉기가 후줄근하게 데워지면서 언니는 부엌 쪽을 기웃거리다가 나와 봉순이 언니가 쓰고 있는 골방으로 들어섰다. 등에서 나를 내려놓고 언니는 잇몸이 빨갛게 드러나도록 씨익 웃으면서 손아귀를 폈다. 새까맣고 반짝반짝하며 기인 생명체들이 언니의 손아귀에서 놓여나자마자 서둘러 움직였고 이내 사라졌다.

그 까만 생명체들이 전해주는 야릇한 빛깔이 언니의 눈에서 반짝이는 눈초리와 겹쳐 내게 이상한 흥분감을 전해주었다. 언니는 문밖을 살며시 내다보더니 둘째 손가락을 입술에 댄 채로 내게 조용히 하라고 말했다. 내 얼굴이 의혹으로 찌푸려지자 언니는 내 귀에 대고 가만히 속삭였다

"저게 돈벌레여. 저것이 득시글거리는 집은 돈이 꼬이게 되

어 있댜. 안집 정자가 내가 저걸 훔쳐갈까 봐 눈에 불을 켜고
있었는디……."

봉순이 언니는 빨간 잇몸을 드러내며 다시 히히 웃었다. 언
니는 생전 처음 보는 그 길다랗게 까만 벌레에 대해 얼떨떨해
있는 나를 번쩍 안아 들더니 다시 말했다.

"이제 우린 부자가 되는 거여 알겠지? 짱아 아버지도 미국
에서 돌아오시고 이제 우린 부자가 되는 거라구. 하지만 엄마
한테는 내가 그 벌레 훔쳐 왔다는 말해지 말어. 비밀이 새나가
지 않아야 효험이 있는 겨."

나는 까맣고 반짝거리는 그 벌레가 사라져버린 신문지 바
른 벽의 틈만 바라보았다. 지금은 온갖 약을 다 뿌리며 퇴치해
야 할 바퀴벌레가 바로 그것이지만, 그 당시에 그 생명체들은
참으로 매혹적인 것이었다. 하지만 그것이 돈을 가져다준다든
가 하는 데에는 나는 별 관심이 없었다. 개를 데려다 마당에
서 키우고 다음 해면 잡아먹는 주인집처럼 되는 것이라면 그
것도 싫었다. 언젠가 내가 처음으로 만져보았던 그 누런, 털이
솜털처럼 보드랍고 눈이 말똥말똥한 강아지도 결국 잡혀먹고
말았던 것이다.

나는 그 이후로는 주인집 할아버지가 가끔 머리를 쓰다듬
으며 건네주던 눈깔사탕도 받지 않았다. 왠지 그 사탕 속에서

개 냄새가 나는 것 같았기 때문이었다. 어린 나이에도 나는 생각했다. 복날이면 비명을 지르며 제가 살던 마당에서 죽어 가던 강아지들. 어떻게, 어떻게 자신이 키운 개를 잡아먹을 수 있을까 하고. 그럴 때면 봉순이 언니가 주인집 할아버지가 주는 사탕을 대신 받아서 내 입에 넣어주는 척하면서 자신의 입에 몰래 집어넣곤 했는데, 그럴 때면 나는 하루 종일 봉순이 언니에게 심술을 부리곤 했다. 봉순이 언니가 내 입에 넣어주려고 했대도 심술을 부렸겠지만, 아무리 개 냄새가 나는 사탕이래도 사탕은 사탕인데 혼자만 먹는 봉순이 언니가 미웠던 것이다.

어쨌든 그날 아버지는 돌아왔다. 봉순이 언니는 예전에 미국에서 아버지가 부쳐온 사진을 꺼내 들었다. 사진 속의 아버지는 날씬한 자동차 앞에서 그 당시 유행하던 자루 같은 바지에 폭이 좁은 넥타이를 맨 채 양복 윗도리를 어깨 뒤로 걸치고는 서 있었다. 봉순이 언니는 이제 아버지가 돌아왔으니 우리는 이런 차를 타고 다닐 거라고 말했다. 하지만 들어선 아버지는 몹시 피곤한 기색이었다. 색이 허옇게 바랜 물색 바바리를 입고 무거운 짐들을 들고 있었다. 게다가 고모들과 어머니와 언니와 오빠가 눈을 반짝이며 바라보던 아버지의 무거운 가방 속에서는 내가 알 수 없는 글씨로 쓰인 책들만 무더기로 나왔을 뿐이었다. 고모들과 어머니의 눈에 실망의 빛이 역력했다. 아버지는 조그만 선물을 어머니와 고모들에게 내밀고는 나를 위해 머리가 훌렁 벗겨진 눈이 새파란 인형을 내밀었다.

그 인형이 몹시 마음에 들지 않았지만 나는 일단 그것을 받아 들었다. 언니와 오빠에게 좋은 것을 많이 빼앗기고 있던 터라, 혹시 버릴 때 버리더라도 챙겨놓는 것이 상책이라는 생각을 했던 것이다. 아버지는 언니와 오빠에게도 작은 선물을 내밀었다. 언니와 오빠는 아버지라는 말이 어색하지도 않은지 '아버지 고맙습니다' 하고 얌전히 인사했다.

아버지는 우리 형제들에게 선물을 나누어 주다가 그제야 '아참, 봉순이가 있었지' 깨달은 것 같았고, 잠시 당황하는 빛을 보이다가 그냥 봉순이 언니를 모른 척해버렸다. 서운한 표정에 봉순이 언니의 눈빛은 금세 촉촉해졌지만 아버지가 가방을 탁 닫아버리자 익숙해진 체념의 표정을 지으며 내가 들고 있던 인형을 만지작거리며 아무 말도 하지 않았다.

"옛다, 이거 봉순이 거다."

아버지의 태도 때문에 봉순이 언니에게 생겨난 서운함을 눈치챈 어머니가 자기 몫의 선물 중에서 빨간 손수건을 내밀었고, 봉순이 언니는 그것이 원래는 제 몫의 선물이 아니었다는 것을 알면서도 금방 두꺼운 입술을 벌리고 헤헤 웃었다.

"아버지, 고맙습니다 해야지."

누군가 나를 보고 말했다. 나는 고개를 가로저었다. 어머니가 다시 말했다.

"어서, 아버지 해봐……."

나는 할 수 없었다. 왜 저 사람이 아버지인가, 봉순이 언니처럼 우리 집에 살았던 것도 아니고, 어머니처럼 밥을 해주는 사람도 아닌데 난데없이 나타나서 아버지라 그러면 아버지인가 말이다. 그래도 어른들이 어서 인사를 하라고 윽박지르자 나는 마치 누군가가 나를 납치라도 해가려는 위기를 느낀 것처럼 악착같이 봉순이 언니의 목덜미에 매달리며 울었다.

"우리 아버지 데려와! 쨍아 아버지 말이야. 언니하고 오빠 아버지 말구!"

어른들이 폭소를 터뜨렸고, 나는 끝내 아버지에게 한 번의 손길도 허락하지 않았다. 나는 그날 저녁, 왠지 모를 배신감에 사로잡혀서 봉순이 언니의 등 이외에는 어떤 자리도 거부했다. 어머니가 안 계시는 날이면 언니와 오빠는 봉순이 언니와 나를 두고 심술을 부리곤 했다. 오빠는 내가 자기의 공책에 낙서를 해놓았다고(나는 분명히 글씨 연습을 했는데도 불구하고) 나를 때리기까지 했던 것이다. 우리 언니 또한 자기 종이인형의 목을 내가 못쓰게 만들었다고 나에게 다시는 인형을 보여주지 않았다. 봉순이 언니가 그건 짱아의 짓이 아니라고 변명을 했지만 언니는 봉순이 언니를 향해 눈을 파르스름하게 뜨고는 말했다.

"식모 주제에 웬 참견이야?"

봉순이 언니는, 우리 언니보다 힘도 세고 키도 컸던 봉순이 언니는 아무 말도 하지 않았다. 내가 봉순이 언니를 따라 부엌에 들어가자 언니는 얇은 시멘트를 바른 부뚜막 한쪽에 우두커니 앉아 있었다.

"식모 주주야 언니는."

봉순이 언니가 우리 언니의 그 말 한마디에 풀이 죽는 모습이 사실은 재미가 있어서 나도 우리 언니의 말을 따라 해본 것이었다. 부뚜막 한쪽에 쭈그리고 앉아 있던 언니는 잠시 망연한 표정을 짓다가 그만 웃기 시작했다. 나는 알고 있었다. 언니는, 봉순이 언니는 오래오래 울고만 있는 사람이 아니라는 것을.

아버지가 돌아온 그날, 언니는 결국 서서 밥을 먹었다. 하지만 서서 밥을 먹으면서도 언니는 손을 뒤로 돌려서 내 입에 녹두전이며 물에 씻은 김치에 싼 조그만 제육을 넣어주었다. 나는 날름날름 그것을 받아먹고 언니의 등에서 잠들었다. 나를 놀리기만 하는 언니와 오빠를 대신해서 이제 아버지가 나의 편이 되어줄지도 모른다는 기대는 무너져버렸고, 내게 남은 것은 봉순이 언니뿐이었다. 그녀만이 우는 나를 달래주었고, 그녀만이 내 잠자리의 베개를 고쳐 놓아주었다. 그녀는 나와 마주친 최초의 세계였다.

9

하지만 아버지가 돌아오고 봉순이 언니가 가져다놓은 새까만 벌레들이 우리 집 낡은 문틈으로 사라졌어도 우리 집은 부자가 되지 않았다. 아버지를 받아줄 취직자리가 없다는 것이었다.

아버지는 아침이면 말쑥한 양복을 차려입고 낡은 가죽가방에 미국에서 가져온 서류 같은 것들을 켜켜이 소중하게 챙겨 밖으로 나갔다가 저녁이면 고주망태가 되어 집으로 돌아왔다. 그러고 나면 으레 어머니와 한판 싸움이 벌어지곤 했다.

"답답하다구! 답답해서 그래!"

아버지는 어머니와 수군거리다가 드디어 소리를 버럭 질렀다.

소리는 안방의 누런 문창호지를 넘어 우리 방까지 날아왔다.

"누군 안 답답한 줄 알아? 그러니 술 좀 작작 먹으라구. 유학까지 갔다 왔으면 취직을 해야 할 거 아냐!"

"자리가 없는 걸 난들 어떻게 해! 주야간 뛰고 쌀 한 말도 안 되는 월급 받는 그 교수자리라도 했으면 좋겠다는 거야. 당신은? 내가 그러려고 쎄 빠지게 미국까지 갔다 온 거야?"

"미국 유학 갔다 왔으면 다야? 새끼들하고 당장 먹고살 생각을 해야지. 난들 시장에 나가고 싶어서 나갔나. 나도 일제시대 때 바나나 먹고 큰 사람이야. 왜 못해? 앉아서 굶어 죽는 것보다 낫잖아? 당신은 3년 동안 미국에서 호사스럽게 살았는데, 난 이게 뭐야?"

"호사라니? 내가 뭐 영화에 나오는 것처럼 미국에서 파티하고 왔는 줄 알아? 당신 보내주는 돈 아껴 쓰려고 창문도 없는 지하방에서 매트리스 하나 깔고 살았어!"

어머니는 참고 참아왔던 지난 가난의 분풀이라도 하는 듯 소리를 질렀고, 아버지는 아버지대로 자리끼의 물그릇을 들어 방 바깥으로 내팽개쳐버렸다. 그 놋으로 만든 대접이 툇마루 앞 흙바닥에 나뒹굴어지면 달그르르…… 그 여운이 오래오래 들렸고 그쯤에서야 소동은 끝나곤 했다.

"괜찮아, 짱아. 괜찮아."

잠에서 깨어나 떨고 있는 나를 안으며 봉순이 언니가 말했다. 그래도 내가 울음을 그치지 않았으므로 봉순이 언니는 천장이 낮은 그 방에서 나를 업고 서성거렸다.

"옛날에 말이다. 망태 할아부지가 살았댜. 망태 할아부지는 키는 저기 한길에 서 있는 전봇대만치 컸는데, 밤만 되므는 국사발만큼 큰 눈을 뜨구설라므는, 누가 아직 안 자구 있어, 누가 밤에 안 자구 울구 있어! 해믄서 집집마다 창을 기웃거린다. 그러다가 안 자구 있는 애가 있으므는 커다란 집게로 아이의 목을 터억 하니 잡아서는 등에 지구 다니는 집채만 한 망태에다 아이를 휘익 던져 넣는다는 겨. 그렇게 울지 말어어……"

평소 같으면 두려웠겠지만, 건넌방에서 들리고 있는 아버지와 어머니의 싸움 소리보다는 망태 할아버지의 이야기가 덜 무서웠다. 부모가 싸우고 있는 소리를 듣는 어린 날은 인생이 얼마나 비관적이었던지, 이 세상에 믿을 사람은 왜 그렇게 하나도 없어 보였던지. 언니는 내 궁둥이를 두드리며 말하곤 했다.

"괜찮아, 우린 꼭 부자가 될 테니께. 그러믄 우리는 주인집에서 살게 될 거구. 그러므는 엄마해구 아부지해구 저렇게 싸우지두 않을 거야. 게다가 아줌니가 나두 핵교에 보내준다구 했어. 정식 핵교는 아니드락두 글씨두 가르쳐주구, 옷 맹그는 것두 가르쳐주는 그런 핵교 말이여."

그때 건넌방 문이 거칠게 열리고 아버지가 신을 신는 소리
가 들렸다. 그리고 발걸음 소리. 그러고 나면 어머니가 흐느껴
우는 소리가 길게 이어졌다.

엄마가 운다는 것은 얼마나 큰 불안이었는지, 봉순이 언니
의 따뜻한 등에서 까무룩 잠이 들려던 나는 화들짝 놀란 듯
깨어났고 다시 울었다.

"야가 오늘따라 왜 이리 안 자고 그랴, 그랴길."

언니는 몇 번 더 망태 할아버지 이야기를 하다가, 하는 수
없다고 생각했는지 나를 업고 살며시 집을 빠져나왔다. 화강
암으로 이어진 높다란 축대가 긴 골목길, 드문드문 달려 있어
골목길을 비추고 있는 외등에 의지해 걷다가 언니는 사람들
이 한길이라고 부르는 만리동 쪽 큰길로 나를 데리고 나왔다.
길은 환했다. 커다랗고 투명한 유리상자에 가지가지 색깔의
눈깔사탕을 넣어두고 팔던 가겟집은 아직도 문을 열고 있었
고, 굴속같이 생긴 목포집에서는 남자들이 두런거리며 술을
마시고 있었다. 빨래처럼 흰 국수를 널어둔 국숫집에서는 아
직도 다 마르지 않은 흰 국수들이 부드러운 저녁바람에 가늘
게 떨며 마르고 있는, 봄밤이었다.

10

"봉순이 아니냐?"

아버지였다. 아버지는 리어카를 개조해서 만든 의자도 없는 포장마차에서 선 채로 막소주를 마시고 있었다. 포장마차 좌판 위에는 포크 대신 옷핀으로 꿰어진 해삼과 멍게 들이 카바이드 불빛 아래서 이상하게 윤을 내며 반짝이고 있었다.

"아자씨 또 술 드세유?"

"그래. 왜 안 자구 나왔냐?"

아버지는 언니의 등에 업힌 나를 바라보았다. 나는 얼른 고개를 봉순이 언니의 등에 묻었다. 아버지가 옷핀에 꿰인 작은 해삼 조각을 내게 내밀었다.

"우리 쨍이가 이거 먹을 줄 아나?"

나는 고개를 저었다. 아버지는 무안쩍은 손을 봉순이 언니에게 내밀었다.

"봉순이 이거 하나 먹어볼 테냐?"

봉순이 언니는 한 손으로 내 엉덩이를 받친 채 다른 한 손으로 아버지가 내민 그 기름 바른 듯 까맣고 윤기 나는 해삼을 받아 날름 먹어치웠다.

"더 먹어라. 너도 한참 클 나인데……."

언니는 아버지의 말에 얼굴을 약간 붉히면서도 아버지가 내미는 해삼이며 멍게를 날름날름 먹어치웠고, 아버지는 넋이 나간 사람처럼 멍하니 카바이드 불빛만 바라보고 있었다. 그런 아버지의 마르고 단정한 실루엣이 카바이드 불빛에 비추어지자 나는 아버지가 신성일보다 잘생겼다는 생각을 처음으로 했고, 그런 아버지에게 내가 너무 야멸차게 대한 것이 좀 후회도 되었다. 지금 생각하면 그때 아버지의 나이 삼십 대 초반, 벌써 세 아이의 아버지였고 한 여자의 남편이며 봉순이 언니까지 거느린 가장, 은행 보증을 잘못 서서 몰락한 할아버지의 아들이며, 지금은 남대문에 큰 점포를 가지고 있는 처가 덕에 유학까지 마치고 돌아온, 그러나 오기와 자존심을 가진 유교 집안의 장자, 그러나 또 한편 현실 속에서는 한없이 무력한 후진국의 젊은 지식인이었다.

아버지는 내 시선을 느꼈는지 고개를 돌려 나를 바라보았다. 나를 바라보는 아버지의 눈빛은 내가 무심히 떨어뜨려놓고 갔던 자식이 벌써 이렇게 똘망똘망해졌구나 하는 대견함, 또 한편 이렇게 콩나물처럼 쑥쑥 크는 아이들을 내가 정말 다 책임질 수 있을 것인가 하는 두려움이 어려 있었다.

II

　그 눈빛 때문이었을까, 나는 예전처럼 아버지의 눈을 피하
지 않았다. 엄마에게 소리를 지르고 놋주발을 마당으로 던지
는 일은 이 젊고 잘생긴 사내의 짓이 아닌 것만 같이 느껴졌
고, 그래서 대견함과 당혹스러움을 우수처럼 드리우고 있는
잘생긴 아버지를 향해 삐죽 웃었다. 아버지는 내 웃음에 좀
마음이 풀어진 것 같았고 무슨 생각이 났는지, 포장마차에서
일어나면서 봉순이 언니의 등 뒤에 있는 내게 다가와 물었다.
　"짱이야, 오늘 기분인데 아빠하구 드라이브할까?"
　봉순이 언니의 얼굴이 환해졌고 내가 드라이브라는 난생처

음 듣는 그 말이 무슨 뜻인가 생각하고 있는 동안 아버지는 좁은 길을 이리저리 헤치며 달려오는 택시를 향해 손을 번쩍 들었다. 보기만 했지 타보지는 못했던 자동차가 내 앞에 섰고, 아버지는 봉순이 언니 등에서 냉큼 나를 안아 올려 차에 탔다. 차 안에서는 쿰쿰한 석유 냄새가 났지만 이상하게 기분은 나쁘지 않았다. 나를 내려놓은 봉순이 언니가 차에 올라타는 아버지 쪽으로 머뭇머뭇 다가섰다.

"그래, 봉순이 너도 타자. 아저씨가 오늘은 기분이다."

그때만 해도 좋은 시절이었던 것일까. 아니, 좋다기보다 한가한 시절이라고나 해야 할까. 아버지는 운전사에게 드라이브 좀 합시다 하고 말했고, 운전사는 알았다는 듯 충정로 쪽으로 난 길로 빠져나와 서소문을 거쳐 남산으로 달렸다.

"아저씨, 이 차가 그 새나라입니까?"

아버지는 나를 안은 채로 여기가 서소문이다, 여기가 남산이다, 말하다가 운전사에게 물었다. 봉순이 언니는 거의 창에 달라붙은 자세로 홀린 듯 창밖만 보고 있었다.

"예, 새나라예요."

"이게 그 김종필이가 일본에서 들여온 거죠?"

"그럼요. 일본 애들 차 참 잘 만들죠. 전에 몰던 시발택시하고는 비교가 안 돼요."

"운전하시믄 애들하고 먹고사실 만하신가요?"

아버지의 질문에 운전사는 룸미러로 아버지를 힐끗 바라보다 말했다.

"겨우 입에 풀칠이나 합니다. 왜요? 운전해보시게요?"

"글쎄요…… 저도 올봄까지 미국에서 자동차를 운전했더랬죠."

아버지는 묻지도 않은 말을 시작했다. 운전사는 핸들 아래에 달린 볼펜 같은 기어를 바꾸어넣으며 묵묵했다.

"포드 60년형이었는데 말이지요, 제일 싼 차였는데도 엄청 컸어요. 튼튼했구. 5년 된 중고차였는데 고장 한번 안 났다니까요. 유학 끝내고 돌아오면서 차를 파는데 자동차를 정지시키고 키를 뽑는 순간, 차마 그 키를 뽑지를 못하겠습디다. 내가 언제 이런 자동차를 다시 몰아볼까, 그런 생각이 들어서."

느낌 탓이었지만 아버지의 목소리가 낮게 잠겼다.

"미국까지 다녀오셨군요. 거기 사람들 잘살지요?"

"잘살죠. 이만한 고기를 아침저녁으로 먹어요. 집집마다 차 있고, 무엇보다 거기 사람들, 악다구니 쓰고 살지 않아요. 매사가 합리적이죠. 일하려는 사람들은 누구나 일할 수 있어요. 솔직히 3년 만에 돌아와보니까 5·16혁명 나구 나서 사람들이 더 악다구니가 된 것 같고, 차라리 보지 않았더라면 비교도 안 하구 그냥, 사는 게 이러려니 했을지도 모르는데, 그렇게도 살 수 있는데 우린 왜 이렇게밖에 살 수 없나 싶은 게…… 비참합니다."

아버지는 많이 취한 것 같았다. 술에 그랬고, 뜻대로 되어주지 않는 현실에 그랬고, 아버지 말대로 지하방에서 고생하며 산 시절이었지만 짧은 유학 동안 맛본 선진국의 경험에 취해서 눈에 보이는 이 현실, 산꼭대기 동네에 방 두 칸을 얻어 사는 이 현실, 의자도 없는 포장마차에 서서 옷핀으로 꿴 해삼에 막소주를 먹는 현실이 정말 비참한 표정이었다. 운전사는 계속 대꾸가 없었다. 그래도 너는 시절 좋아서 미국까지 다녀와서 푸념이구나, 철없는 아버지를 문득 비웃는 표정이었을지도 모른다.

아버지는 취한 얼굴을 내 뺨에 가져다 댔다. 깎지 않고 자란 아버지의 수염이 내 뺨에 아프게 닿았다. 나는 빠져나가려고 버둥거렸다. 봉순이 언니가 그런 나를 받아 안았다. 차는 남산 길을 오르고 있었다. 흰 벚꽃이 만발해서 연분홍 등불을 밝혀놓은 것만 같았고, 그 나무들 밑에 마치, 저도 꽃이라는 듯 솜사탕이 하얗게 피어나고 있었다. 꽃구경을 나온 사람들의 환한 치마저고리 빛깔이 몽환처럼 그 주위를 천천히 오갔다. 벚꽃을 보아도 봉순이 언니는 이제는 겁먹지 않는 것 같았다.

아버지는 담배를 한 대 꺼내 물더니 창문을 열고 연기를 내뿜다가 말했다.

"봉순이 넌 나 없는 동안 아주머니 말씀 잘 들었니?"

"야."

봉순이 언니는 수줍은 듯 엷은 곰보 자국이 있는 얼굴을 찡그리며 웃었다.

"그래, 아저씨가 돌아와보니 봉순이가 처녀가 다 되었구나. 아줌니 잘 도와드리구 우리 집에서 곱게 있으면 아저씨가 좋은 데 시집 보내주마."

봉순이 언니는 빨간 잇몸을 드러내고 히히 웃었다. 아버지가 물끄러미 나를 바라보았다.

"우리 짱이는 훌륭한 사람이 되어야지. 아비로서만 생각한다면 네가 이다음에 그저 좋은 남자 만나서 시집가면 그뿐이다 하는 마음도 있지만, 세상은 변할 거다. 남자들도 하지 못하는 일을 하는 훌륭한 여자들이 많이 나올 거야. 넌 꼭 그런 사람이 되어야 한다. 서양 여자들처럼 남자들하고 대등하게 토론도 하고 대학 강단에도 서고 누구도 여자라고 깔보지 못하는, 남자들은 생각도 못하는 일을 터억 하는 그런 여자 말이다. 이 아빠가 말이야, 아직은 힘이 없지만, 꼭 짱이를 그렇게 키울 거야. 알겠니, 우리 짱이?"

아버지는 여전히 봉순이 언니의 품에 안겨 있는 내 졸리운 궁둥이를 두드리며 말했다.

12

언니의 벌레가 효과가 있었는지 모르겠다. 아버지가 드디어 취직이 된 것이었다. 외국인 회사라고 했다. 월급도 많이 주고 자동차도 주고, 토요일과 일요일에는 이틀씩이나 공휴일인 회사. 전 세계에 지사를 두고 있는 회사인데 유망한 나라를 찾다가 남아프리카공화국과 겨룬 끝에 한국에 지부를 설치한다고 했다. 아버지에게는 기사가 딸린 자동차가 나왔지만 우리 집 앞까지 차가 들어올 수는 없었다. 아버지는 그 차를 계단이 많은 집 앞에서는 탈 수가 없어 10분쯤 계단을 걸어 내려가 아현초등학교 건너편 큰길에 대기해 있는 자동차에 올라타고 회사로 떠나곤 했다.

그리고 어느 날 리어카가 집 앞에 두어 대 오고 우리는 그보다 좀 아랫동네로 이사를 했다. 담이 높은 큰 집들이 한쪽으로 줄지어 있고 서너 발짝 건너편에는 닥지닥지 붙은 지붕 낮은 집들이 늘어서 있는 묘한 동네였다. 아현동 쪽에서 만리동 쪽으로 올려다보자면 오른쪽 줄이 한옥 줄이었고 왼쪽이 토끼장처럼 지붕이 낮은 집들이었다.

그 동네의 중간쯤에 위치한 제법 큰 한옥이 우리 집이었다. 우리가 이사했을 때, 그 집에는 이미 다른 식구들이 세 가구나 살고 있었다. 아버지는 아침부터 회사로 나가시고 어머니는 가게를 처분하고 집에서 계셨다. 봉순이 언니는 끼니때마다 밥을 두 그릇씩이나 먹고 눌은밥까지 먹어댔기 때문에 살이 통통히 올라 있었다. 하지만 봉순이 언니는 학교에 가지 못했다. 정식 학교는 아니지만 글씨도 배워주고 옷 만드는 법도 배워주는 그런 학교.

우리가 아랫동네로 이사 온 후, 봉순이 언니는 우리 언니가 새하얀 줄이 선명한 세일러복을 입고, 중학교 입시를 잘한다는 미동초등학교로 버스를 두 정거장이나 타고 갈 때마다 멍해졌지만, 신앙촌 아주머니가 일주일에 한 번은 산타클로스처럼 커다란 보따리를 들고 집에 들러 맨드라미처럼 붉은 내복과 튼튼한 팬티와 구리무를 내놓고, 불룩한 몸뻬를 입은 미제 아주머니 배에서는 우리가 생전 보지 못했던 초콜릿과 커피가 쏟아져 나왔지만 봉순이 언니는 집에만 있었다.

봉순이 언니에게 생전 잔소리를 하지 않던 어머니가 신경질을 내기 시작한 것도 그 무렵이었다. 손님이 왔는데 벗긴 사과에 껍질이 남도록 엉망으로 깎아 낸다거나, 토스트를 너무 바싹 태웠다거나 하는 잔소리였다. 어머니는 낮이면 밖에 나갔다가 새로 들여온 이상한 솥에 밀가루를 쪄서는 그걸 빵이라고 우리들에게 먹으라고 했다. 하지만 봉순이 언니는 밀가루는 절대로 먹지 않았다.

"저는 그냥 찬밥 먹을래유…… 쌀이 없으믄 모를까, 그 좋은 밥 놔두구 웬 밀가루래유……."

어머니는 봉순이 언니가, 요리 학원에서 배워와 만든 빵을 먹지 않는 것이 짜증스러운 듯했다.

"빵이 밥보다 얼마나 영양가가 높은데 그러니? 지금 나라에서도 분식하라고 난린데. 우리보다 잘사는 서양 사람들은 그 좋은 밥 안 먹구 이 빵만 먹는다더라. 게다가 너만 밥을 먹겠다면 너 땜에 아침에도 밥을 해야 되잖니."

하지만 봉순이 언니는 밥에 대해서만은 완강했다. 밥을 먹고 간식으로 빵이나 국수를 먹으라면 또 모를까, 그렇지 않으면 어림도 없었다. 봉순이 언니는 저녁밥을 많이 지어 그것을 남겨놓았다가 아침이면 우리 가족이 상에 둘러앉아 토스트와 우유를 먹는 동안 주황색 플라스틱 바가지에 찬밥을 담아서 부엌으로 나갔다. 바가지에 담긴 찬밥을 국에 말아 부뚜막에 걸터앉아서는 후루룩 혼자 먹는 것이다.

어쨌든 어머니와 아버지는 갑자기 서구식 생활을 결심한 듯했고, 이른 아침이면 우리 집까지 따뜻한 서울우유가 두 병이나 배달이 되었으며, 마가린에 굽는 토스트 냄새가 번졌다. 또 가끔씩은 신식으로 새로 나온 라면을 끓여 아침으로 먹기도 했다. 어머니는 다우다 한복이나 융으로 만든 몸뻬를 벗고 길다란 월남치마를 입고 굽이 높은 슬리퍼를 신고 다녔다. 어머니의 머리카락이 잘려져 나가고 구불구불해졌으며, 가발장수 아주머니가 오자 어머니는 봉순이 언니의 머리도 짧게 잘라버렸다. 어머니는 갑자기 동창들을 만나러 다니기 시작했고, 어머니가 늘 손에 들고 있었던 책의 체목은 몇 달이 지나도록 바뀌지 않는 일이 많았다.

훗날 사춘기를 지나고 내가 머리가 커져 어머니와 다툴 때마다, 내게 실망감과 서운함을 표현하고 싶어 하는 어머니는 말하곤 했다.

"난 너희들 키우느라고 아무것도 안 했다. 모든 걸 포기하고 집에만 있었어. 다 너희들을 위해서야. 그런데 이제 고작 그런 어미한테 돌아오는 게 너의 그런 행동이니?"

그러면 이제 머리도 크고 키도 어머니보다 커버린 나는 대꾸하곤 했다.

"엄마가 집에 있었던 것은 사실이지. 사회 활동을 계속하고 싶었던 걸 엄마가 우리 때문에 포기했던 것도 믿어. 하지만 그게 꼭 우리들 때문이었다고는 하지 마. 엄마는 집에는 있었지만, 그래 한 번도 우리들을 우리들끼리만 잠들게 하지는 않았지만, 엄마가 그렇다고 내 곁에 있었던 것은 아니니까."

그러므로 그 이후 내 어린 시절의 기억 속에서 어머니는 언제나 부재중이었다.

13

    우리 집 작은 방에는 각기 세 식구가 살고 있었다. 맨 아랫 방에는 양장점에 다니는 처녀 둘, 그리고 그 옆방에는 그때 여섯 살, 세 살 정도 아이들이 둘씩 있었다. 제 어머니와 아버지가 아침에 일을 나가고 나면 아이들은 하루 종일 저희들끼리 놀았다. 점심 끼니때가 되면 어머니는 봉순이 언니를 시켜 찬밥 남은 것이나 새로 끓인 수제비를 가져다주게 했고 아이들은 익숙한 듯 그 찬밥이나 수제비에 저희들끼리 우거지로 만든 김치를 얹어서는 양푼에 머리를 박고 먹었다. 여름 내내 옷이라고는 팬티와 러닝셔츠밖에 없는 아이들, 가끔 시골에 다녀와서는 메뚜기 볶은 것이나 개구리 뒷다리 조린 것을 먹어 보라고 주기도 했다. 나는 그때 그 아이들이 내미는 것을 아무런 저항감 없이 받아먹을 수는 없었다. 조금, 아주 조금 맛을 보기는 했지만 그 아이들처럼 하루 종일 와작와작 그것을 씹기는 좀 그랬다.

그리고 그날, 아마도 흐린 초여름의 오후였을 것이다. 무슨 이유였을까, 혼자서 아버지가 사다 준 소꿉을 살고 있던 나의 살림살이를 부수고 한 아이가 나를 때리기 시작했다. 제가 잡은 사마귀인가 방아깨비인가를 놓치게 했다는 것이 그 이유였다. 나는 그저 소꿉을 살고 있었을 뿐이었는데 아이는 그 사마귄가 방아깨빈가가 나의 소꿉 속으로 튀어 나가 사라져 버렸다고 우겨댔다.

"이 씨팔년이, 니가 게서 풀을 빻고 지랄을 하고 있으니까 방아깨비가 그리로 튀지! 이 망할 년아!"

아이는 나를 때리고 나서도 분이 풀리지 않았는지 빈주먹을 내 얼굴 가까이 휘두르며 말했다. 나는 처음 당해보는 이런 종류의 폭력에 멍해져서 아무 말도 못하고 그대로 서 있었다. 주먹으로 맞은 뺨도 뺨이지만 그의 입에서 나오는 욕 때문에 나는 얼어붙었던 것이다. 그것이 욕이라는 것을 알기는 했지만 그 뜻을 정확히 알 수는 없었다. 다만 무언가 아주 더러운 것을 이미 삼켜버리고 만 그런 느낌이었다. 나는 그제야 봉순이 언니의 부재를 처음 깨닫기 시작했다. 봉순이 언니는, 아랫집으로 이사 온 후 멍해졌던 언니는 요즘 부쩍 내 곁을 사라지는 일이 잦아졌던 것이다. 언니가 없이 나는 처음으로 부당한 세상과 대면했다. 그 아이가 소리를 치는 동안 우리 집 다른 방에 사는 아이들이 모여들었다. 두렵고 슬프기보다 당황스러웠다. 드디어 언니가 이웃집의 식모 언니와 우리 집에 들어섰을 때 나는 울음을 터뜨리기 시작했다. 봉순이 언니가 놀라서 달려오자 러닝과 팬티를 온 여름 내내 입고 있던 그 아이는 나를 째려보더니 내 얼굴에 침을 퉤 뱉었다.

"재수 없는 주인집 딸년! 에이 우라질!"

그 아이가 뱉은 침이 내 얼굴로 튀었고 내가 그것을 다 닦을 사이도 없이,

"재수 없는 주인집 딸년! 우라질!"

그 뒤에 서 있던 아이들도 일제히 욕을 하고는 침을 뱉었다. 봉순이 언니가 쫓아가서 그중 한 아이의 뒷덜미를 잡아 엉덩이를 패주었지만 아이들은 우우 몰려 저희들끼리 도망을 쳐버렸다. 봉순이 언니는 나를 끌고 수돗가로 다가갔다.

"저 호래자식 놈들 같으니라구, 뭐 저런 엠병할 놈들이 있어. 아줌니 아시면 큰일 날라구…… 찡그리지 말구 가만있어.

침 묻은 거 놔두므는 버짐 피니께."

언니는 내 뺨을 열심히 닦아주었다. 하지만 그 아이들이 내게 던졌던 말은 마음에 걸려 닦아지지 않았다. 나는 무언가 해석할 수 없는 혼돈의 도가니 속으로 던져진 느낌이었다. 억울했고 분했고, 그리고 모욕스러웠다.

그날 저녁 잠이 들려고 봉순이 언니와 한 이불에 누웠을 때 내가 물었다.

"언니, 내가 왜 주인집 딸년이야?"

나는 이사 오는 순서대로 주인이 되는 줄 알고 있었다. 내가 태어난 집에서 어머니는 주인집을 가리켜 저 주인들의 덕으로 급하게 방을 얻어 이사 왔다고 말했던 걸 기억하고 있었던 까닭이었다. 그래서 나는 이 집에도 우리보다 먼저 살고 있었던 그들 중의 하나가 주인이겠지 하고 생각하고 있었다. 아니, 그런 생각도 사실은 해보지 않았다. 다만 그 아이가 나를 때리고 주인집 딸년이라고 욕을 하자 하루 종일 내내 그건 그런 것이 아니었나 짐작해본 것뿐이었다.

"그거야 우리가 이 집을 샀으니까 그렇지……."

"집을 사면 주인이야?"

언니는 돈을 주면 집이 자기 것이 되는 거라고 말했다. 집도 사탕처럼 사는 것이라니. 어떻게 장롱도 들여놓고 옷도 걸어놓

고 그렇게 사람이 사는 집을 사고판단 말인지. 그리고 그게 어
떻게 나쁜 아이가 되는 길이라는 것인지.

14

그러는 사이 우리 집에는 돼지 엄마가, 우리들이 모두 돼지라고 부르는 살찐 아들을 옆에 끼고, 꼭 식사 시간만 되면 열심히 곗돈을 받으러 와서, '숟갈 하나만 더 놔줘요' 하며 밥을 먹고 갔고, 어머니는 그 곗돈을 타서, 나를 때리고, 주인집 딸년이라고 욕하던 아이들의 부모에게 방을 빼달라고 했다. 얼마 후, 우리는 한옥의 다섯 개 방을 다 쓰게 되었고, 어머니는 장독 아래 광을 고쳐서 푸르고 흰 타일을 잔뜩 붙이고는 목욕탕을 들였다.

욕하는 아이들까지 없어지고 나자 나는 정말로 심심해졌다.

동네에 드문드문 있는 담이 높은 큰 집들에는 아이들이 없었고, 있다 해도 동네 아이들과 어울려 놀지 않았다. 우리 언니와 오빠도 그건 마찬가지여서 학교를 끝내면 집에 돌아와 책을 읽다가 중학교 입시를 위해서 과외를 받으러 가거나 어머니의 감독 밑에서 숙제를 하거나 했다. 건너편 판잣집들에는 아주 많은 아이들이 살고 있었지만 그 아이들은 내게 접근하지 않았다.

나는 늘 혼자였다. 내 곁에 있던 봉순이 언니도 사라지고 없었다. 아랫동네로 이사 온 후 언니는 연애를 시작한 것이었다. 나는 새로 들여놓은 냉장고에 어머니가 놓아둔 콜라나 사이다, 그도 아니면 제과점 케이크나 파인애플 통조림을 들고 아무도 없는 집 앞의 대문에 쪼그리고 앉아 먹었다. 아이들은 혼자 쪼그리고 앉아 있는 나를 힐끗거리다가 우우 몰려가고 다시 몰려왔다가 사라졌다.

어느 날 한 아이가 내게 다가왔다. 아이는 내가 먹는 케이크를 바라보더니 천천히 내 옆에 쪼그리고 앉아 말했다.

"그거 되게 맛없지?"

나는 아이에게 케이크를 조금 내밀었다. 아이는 케이크를 한입 먹어보더니 꿀꺽 침을 삼키고는 말했다.

"너무 조금이라 맛을 모르겠는데."

나는 그 애에게 조금 더 케이크를 내밀고는 열심히 그 아이의 표정을 살폈다. 그러는 사이 내 주위로 아이들이 모여들었다. 나는 그 아이들이 나를 심사하고 있다는 것을 깨달았다.

내 또래의 그 아이들이 나의 존재를 아주 무시하고 있는 것이 아니라는 사실을 알게 되자 나는 어떻게든 그들 편에 속하고 싶어서 내가 가지고 있던 케이크들을 다 내밀었다. 꽤 많은 양의 케이크였는데 아이들은 눈 깜짝할 사이에 그걸 다 먹어치웠다. 그중의 나이가 많은 남자아이가 내게 말했다.

"이거 너희 집에 더 있어?"

나는 고개를 끄덕였다. 하지만 고개를 끄덕이면서 내 머릿속으로 불안이 지나갔다. 케이크가 집 안에 더 있었던 것은 사실이었지만, 그건 학교에서 돌아올 언니와 오빠의 몫이었다. 하지만 심심했으므로 그저 그 아이들과 놀고 싶었고, 더 망설이지도 않고 냉큼 집 안으로 들어가 그 케이크들을 다 가지고 나왔다. 아이들은 케이크 위에 붙어 있던 사탕으로 만든 장미송이와 이파리, 게다가 상자 바닥에 붙은 크림까지 다 핥아먹고도 내게 같이 놀자는 말을 하지 않았다.

하지만 그 아이들이 빈 케이크 상자를 내버려두고 우르르 다시 몰려갔을 때 나는 그 아이들을 따라나섰다. 아이들은 힐 끗 나를 바라보았을 뿐 언젠가처럼 욕을 하거나 침을 뱉지는 않았다. 이제 드디어! 나는 그들에게 끼어들게 된 것이었다. 나는 너무 기쁜 나머지 어머니에게 언니 오빠의 케이크까지 들고 나가버린 것이 곧 들통이 날 것도 잊어버렸다. 내게도 함께 놀 친구들이 생긴 것이었다.

나는 아이들이 기다란 막대기로 자치기를 하는 것이나 빳빳하게 접은 종이딱지를 팽! 소리가 나게 치며 하는 놀이를 구경했다. 가끔 그들 중의 하나가, 넌 아직도 집에 안 갔니 하는 표정으로 바라보았지만 나는 나도 너희들과 같은 친구라니까, 하는 표정이 잘 전달되도록 애쓰면서 히히 웃었다. 그러자 그 중의 하나가 엄지손가락을 치켜세우고는 말했다.

"치기장난 할 사람 여기 붙어라. 여기 붙어라."

골목에 흩어져 놀던 아이들이 모여들었다. 새로 모여든 아이들이 나를 힐끗거리며 바라보았지만, 나는 약간은 머쓱한 기분으로, 그러나 아무렇지도 않은 표정으로 서 있었다. 그러고는 그 아이들이 가위바위보를 할 때 나도 끼어들었다. 그 아이들은 이상하다는 표정으로 힐끗 바라보았을 뿐 아무 말도 하지 않았다. 하지만 곧 나는 무언가 잘못되었다는 것을 깨달아야 했다.

처음엔 내가 게임의 법칙에 대해 모르는 게 너무 많았고, 그래서 제일 먼저 술래가 된 것이려니 생각했다. 하지만 아침 무렵부터 긴 여름 해가 저물도록 나는 내내 술래였다. 돌 올라서기 놀이에서 내가 미처 돌에 올라서지 못한 아이를 잡아내도, 치기장난에서 내가 아무리 다른 아이들을 따라잡아 그 아이의 옷을 쳐도 그건 반칙이라고 아이들은 우겼다. 분명히 쳤다고, 넌 나한테 잡혔다고 말해도 소용이 없었다. 아무도 내 편이 되어주지 않았던 것이다. 처음에는 내가 그들에게 정말 치는 장면을 보여주지 않았기 때문에 그들이 의심하는 거라고, 그러니 그들이 공평하지 않다는 것은 내 착각이겠거니 했다. 그래서 또다시 술래가 되었을 때 나는 악착같이 달려가 이번에는 나보다 어린 꼬마의 목덜미를 잡고 놓지 않았다.

"잡았어, 잡았다고. 자, 이번엔 됐지?"

내가 의기양양하게 말했다. 어린 꼬마의 목덜미를 꽉 잡고 있었으므로 이번에는 정말로 누구도 부인하지 못할 것이었다. 아이들은 일이 난처하게 되었다는 표정이었다. 그러자 그중의 한 아이가 나서서 말했다. 우리 집에 살다가 나를 때리고 이사 간 그 아이였다.

"웃기고 있네, 갠 깍두기야!"

침묵하던 아이들이 한꺼번에, 마치 일제히 터지는 풍선처럼 와와 웃었다.

"자, 다시 시작!"

아이들이 흩어졌다. 나는 다시 술래가 되어 그중의 한 아이를 잡아야 했다. 하지만 팔과 다리에서 조금씩 힘이 빠져나가고 있었다. 이마에서 비직비직 진땀도 배어나왔다. 아이들은 그들을 잡으려는 나를 피해 요리조리 몸을 돌렸다. 나는 고양이들을 잡아보겠다고 나선 쥐 꼴이었다. 우스워죽겠다는 듯, 속 시원해죽겠다는 듯 나를 바라보는 그들의 눈빛이, 초롱초롱, 얼굴만큼 새카만 그들의 눈빛이 왜 내게는 그토록 두려웠을까. 나는 그제야 아이들이 서로 짜고 이 레이스 달린 옷을 입은 주인집 계집아이를 놀려먹는다는 것을 알았지만 어쩔 수 없었다. 오빠가 딱지를 가지고 한 번 골목길을 나섰다가 왜 다시는 그 골목길에서 놀지 않고 과외 친구들하고만 어울리는지도 어렴풋이 짐작되었다.

하지만 나는 참아내기로 마음먹었다. 처음 낀 놀이에서 한 번도 술래를 벗어날 수 없는 그 외로움, 규칙을 정확히 지켜 놀이에 끼어도 아이들에게 파울의 판정을 받는 외로움, 그도 아니면 아이들이 모두 골목으로 숨어버리는 동안 낙서가 가득한 벽에 두 눈을 가리고 그들에게 등을 보인 채로 서서 무궁화꽃이 피었습니다를 외우며 어둠 속에서 견뎌야 하는 외로움. 하지만 혼자인 것보다는 술래인 채로 그들과 노는 편이 낫다는 생각이었다. 심심한 것은 싫었다.

15

봉순이 언니가 저녁을 먹으라고 나를 부르러 왔다. 왈칵 반가운 마음이 들었지만, 여기서 마치 어른들의 뜻이니 난 어쩔 수 없어 하는 표정으로 그 자리를 빠져버리면 나는 처음부터 부당한 이 게임의 법칙으로부터 도망칠 수 있다는 것을 알았지만, 왠지 그건 아이들의 표현대로 '반칙'인 것 같았고, 그래서 망설이고 있는 내게 한 아이가 말했다.

"쌍, 그런 법이 어딨어? 술래니까 다음 술래를 만들어놓고 가야 할 거 아냐! 어쩌나 볼려고 끼워줬더니 옘병, 육시랄!"

그의 말은 옳았다. 술래가 빠져버리면 놀이는 엉망이 되는 것이다. 게다가 아이들은 다시는 나를 끼워주지 않을 것이고, 이대로 집에 들어가보았자 케이크가 없어진 일을 어머니에게 추궁당하게 될 터였다. 나는 언니의 손길을 뿌리쳤다. 세탁소 총각과 눈이 맞아 정신이 쑥 나가버린 듯한 봉순이 언니보다 새로 생긴 아이들이 소중했다. 이제껏 봉순이 언니가 그랬던 것처럼 이 아이들이 나의 미래를 좌우할 것이었다.

나의 고집에 못 이겨 언니가 돌아간 다음에도 밤이 늦도록, 시장에서 돌아오는 그네의 부모들이 늦은 저녁을 준비하고 고래고래 소리를 질러 영석아, 봉철아 부를 때까지 나는 술래였다. 몇 번이나 눈물이 터져버릴 것 같은 순간도 있었지만, 울어봤자 더 바보가 될 뿐이라는 걸 나는 이미 알고 있었다. 나는 그래도 아직 희망을 가지고 있었다. 조금만 더 곯려먹고 나면 이제 그치겠지. 그러니 그들에게 내가 이런 통과의례를 잘 견디는 것을 보여주고 그들의 흡족한 승인 아래 술래 자리를 정정당당히 다음 아이에게 물려주고 이 자리를 빠져나가고 싶었던 것이다.

나도 한 번쯤 무리 속에 서서 나처럼 술래가 되는 아이를 곯려주고 싶었다. 저들이 끼워만 준다면 한 번만이라도 나를 술래를 면하게 해준다면, 절대로 잡히지 않고, 싱싱한 눈빛으로 술래를 노려볼 수 있을 것이었다. 나처럼 가련한 술래가 된 아이가, 다른 아이들이 게임의 법칙을 위반하고 있는 걸 발견하고 거세게 항의를 한다 해도, 다른 아이들이 아니야, 넌 틀리고 우리가 맞아라고 하면 나도 그렇게, 다수의 편에 서서 우기고 싶었다. 그건 정당하지 않지만, 적어도 그건 힘이고, 그건 아주 달콤하고, 의기양양하고, 그리고 안전할 것 같았다. 하지만 그들은 끝내 내게 기회를 주지 않았고, 이젠 봉순이 언니도 더는 나를 부르러 오지 않았다. 그러자 나는 그들에게 가련한 희생자가 된 모습으로 뒷모습을 보이는 것이 싫어졌고 그래, 버틸 때까지 버텨보자는 오기가 솟았다.

내가 얼마나 당황스럽고 막막하고 슬픈 줄도 모르고 세탁소 총각과 후미진 골목에서 시시덕거리는 봉순이 언니. 봉순이 언니는 밤마다 라디오 앞에 앉아서 이미자의 노래들을 삐뚠 글씨로 받아 적고는 그것을 연신 불러보고 불러보고는 했다. 나는 이제 봉순이 언니와 나 사이에도 어떤 거리가, 마치 내가 더 이상 언니의 등 위에 업히기에는 너무 커버렸듯이, 어떤 거리가 생긴 것을 알았고, 이제 봉순이 언니 없이 이 악의에 찬 눈동자들을 향해 이 세상의 첫 걸음마를 혼자 시작해야 한다는 것을 어슴푸레 깨달았다.

나는 입술을 물고 어둠 속에서 무궁화꽃이 피었습니다를 열심히 외웠다. 아무리 끼어들고 싶었지만 나는 혼자다, 나는 혼자다. 여기서 울면, 여기서 울면, 영원히 바보가 되는 거다. 나는 아마 무궁화꽃이 피었습니다를 그런 주문으로 외웠는지도 모른다. 그리고 한참 후, 뒤돌아보았을 때 골목길 가파른 계단에는 아무도 없었다. 노르스름한 방범등에 전신주 그림자가 길게 늘어지고 짱구네 가게 앞에 선 수양버들의 이파리가 산발한 머리카락처럼 섬뜩했다.

16

고요. 검고 긴 고요. 그래도 내 발걸음 소리만 크게 울리는 골목길을 나는 두리번거렸다. 공동 수도 앞 탱크 뒤나 버드나무 뒤편. 그리고 한참 후, 나는 알았다. 아이들이 머리카락이라도 보일까 꼭꼭 숨어 있는 것이 아니라 모두 지붕이 낮은 그들의 집으로 돌아갔다는 것을. 그들은 집으로 돌아가 시장에서 돌아온 제 엄마들과 밥을 먹고 있을 거라는 걸. 그들 중 누구도 내가 아직도 술래의 임무를 다하기 위해 무서움을 참아내며 눈을 감고 있다가 이제 그들을 찾고 있다는 것을 신경 쓰지 않을 거라는 것을. 설사 어떤 아이가 있어, 밥을 먹다 말고 문득 아 참, 짱이가 있었지 생각하겠지만 아마도 그도 나를 곧 잊어버릴 것이라는 것을, 내게는 양과자도 있고 레이스 달린 원피스도 있으니 언제나 술래로 세워놓아도 괜찮을 거라고 그들은 생각한다는 것을.

그때 깨달아야 했다. 인간이 가진 무수하고 수많은 마음 갈래 중에서 끝내 내게 적의만을 드러내려고 하는 인간들에 대해서 설마, 설마, 희망을 가지지 말아야 했다. 그가 그럴 것이라는 걸 처음부터 다 알고 있으면서도, 그래도 혹시나 하는 그 희망의 독. 아무리 규칙을 지켜도 끝내 파울 판정을 받을 수도 있다는 악착스러운 진리를 내가 깨달은 것은 그로부터 30년이나 지난 후였다. 하지만 그 30년이 지난 지금 나는 아직도 궁금한 것이 있다. 이런 경험을 그 이후에도 무수히 반복하면서도 나는 왜 인간이 끝내는 선할 것이고 규칙은 결국 공정함으로 귀결될 거라고 그토록 집요하게 믿고 있었을까. 이런 일이 그 장소의 특수한 사건이라고, 그러니 그때 나는 운이 나빴을 뿐이라고 그토록 굳세게 믿고 있었을까? 그건 혹시 현실에 대한 눈가림이며, 회피, 그러므로 결국 도망치는 것은 아니었을까.

17

　나는 다시는 그 아이들과 놀지 않았다. 파인애플이나 콜라나 케이크 들도 학교에서 돌아올 언니와 오빠의 몫을 잘 남겨놓고 내 몫만 얌전히 잘라 집에서 먹었다. 나는 아버지가 새로 들여놓은 쉼멜 피아노 앞에서 피아노 연습을 하거나, 어머니가 방을 하나 없애고 흙을 부어 새로 가꾸어놓은 화단에 나가서 있곤 했다. 나팔꽃 덩굴이 오르는 담장, 조그만 얼굴을 들고 생글거리는 채송화, 도둑이 들어오지 말라고 시멘트 담 위로 삐죽삐죽 박아놓은 유리조각에 눈을 대고 서 있으면 멀리로 우리 아랫동네에서 아현초등학교 앞까지, 가파른 내리막을 이루는 지붕들의 행렬이 어안렌즈를 통해 보는 것처럼 둥글게 잡혔다. 저 집들 속에는 누가 살고 있을까. 누가 그 집 한 귀퉁이에 서서 나처럼 심심해하고 있지 않을까.

하늘엔 뭉게구름이 떠 있고 어머니가 아침에 널어놓은 이불의 솜들이 따뜻한 공기를 머금고 부풀어 오르는 여름 오후, 나는 작은 소꿉을 가지고 혼자서 놀았다. 나는 아버지 역할도 했고 어머니 역할도 했으며 식모 역할도 했고 아기 역할도 했다. 늘 반복되는 대본은 그런 것이었다. 아버지는 아침에 회사로 나가고 어머니는 장에 가며 아기는 잠을 자고 식모는 벽돌 부스러기를 빻아 고춧가루를 만들고 덜 자란 코스모스 이파리나 샐비어 잎, 맨드라미 꽃잎을 따서 김치를 담그는 것. 내 소꿉 속의 가족은 서로 만나 대화를 나누는 일이 별로 없었으므로 나 혼자로도 그 모든 역할이 충분했다.

그러는 사이 아침이면 이슬 머금은 나팔꽃이 피었고 저녁이면 분꽃들이 조그만 꽃잎을 벌리며 피어났다. 날마다 같은 날이었다. 어머니는 계를 하러 나가고 봉순이 언니는 시장에 다녀온다는 똑같은 거짓말을 하고 집 밖으로 나갔다.

그 무렵 나에게는 새로운 친구가 생겼다. 진한 눈썹이 미간에서 아슬아슬하게 붙고 얼굴에 각이 진, 그 당시 유행하던 나팔바지를 우리 동네에서 최초로 입어내던 이웃집의 식모 미자 언니였다.

봉순이 언니는 가끔 이미자의 유행가 가사를 적은 것을 가지고 미자 언니네 집으로 놀러 가곤 했다. 아이들과의 첫 대면에서 상처만 입고 물러선 나는 언니를 따라 그 집에 드나들었다. 하지만 봉순이 언니는 예전과는 달리 이제 미자 언니와의 대화에 나를 끼워주지 않았다. 둘은 무엇을 그렇게 속살거리는지 몰랐다.

미자 언니가 살고 있는 집은 광주의 노부부가 장만해둔 집이었는데, 그 집에 살던 큰아들 내외가 유학을 떠난 후 노부부만 가끔 올라온다고 했다. 그 집에는 진기한 것들이 많았다. 세죽이라든가 월계꽃이 덮인 담장, 파인애플처럼 생긴 커다란 소철, 그리고 그 집 아들이 썼다는 서재에 꽂힌 가지가지 책들. 두 식모 언니가 서로 발개진 얼굴로 속닥거리는 동안 나는 그 집에서 닥치는 대로 책을 읽었다. 그림이 많은 것을 골라 읽다가 보니《선데이 서울》이라든가 하는 잡지도 집어 들었다. 그림이 많다는 것 때문에 골라든 책이었지만, 그런 책들 속에는 내가 알지도 못했고, 알 수도 없었던 만화경이 펼쳐져 있었다. 우리는 넘으면 안 될 선을 넘었다던가, 그의 아기를 임신했다던가…….

여자의 나체가 둥근 붓으로 그려진 그림이 있는 그런 책들에는 남자와 여자의 성관계가 지나칠 정도로 자세히 묘사되어 있었다. 언니나 오빠가 내게 손대지 못하게 하는 진홍색 당초 문양 표지의 계몽사 50권짜리 세계 명작과는 뭐랄까 차원이 다른 세계가 거기 펼쳐져 있었다. 나는 그런 책들에 빠져들기 시작했다.

봉순이 언니는 가끔 내가 들고 있는 책을 의혹 어린 눈으로 흘긋 살펴보기도 했지만 이제 겨우 다섯 살이 된 어린아이가 그 책들에 쓰인 내용들을 설마 다 알까 하는 표정이었다.

그리고 실제로 나는 봉순이 언니나 미자 언니가 나를 흘긋거릴 때마다 순진한 표정을 지으면 되는 거였다. 아직, 집안의 누구도 내가 글을 읽을 수 있다는 사실을 모르고 있었다. 나도 어떻게 한글을 읽기 시작했는지 아직도 알지 못한다. 너무 심심했고, 그래서 오빠의 초등학교 1학년 국어책을 베끼고 놀았다는 기억밖에는. 그 일로 인해 오빠에게 머리도 많이 쥐어박혔지만 어느 날 신기하게도 그냥, 나는 읽고 있었다. 그것을 읽는 것이 소위 말하는 글자를 '깨치는' 일이 된다는 것을 안 것도 그로부터 한참 후였다.

그러고 보면 나는 대개 모든 막내의 운명이 대충 그렇듯이 부모의 관심 밖으로 밀려나 혼자서 크는 그런 어린아이였다는

생각도 든다. 레이스 달린 옷도 있고, 양 갈래로 묶은 머리에
는 어머니가 수예점에서 특별히 끊어온 분홍 리본이 달려 있
었으며, 제과점에서 구운 양과자도 늘 먹고 있었지만, 그런 의
미에서 나는 우리 집 앞 골목길을 우우 하고 뛰어다니는 아이
들의 처지와 크게 다른 것도 없었다. 그 아이들의 어미들이 생
계를 위해 장터로 가고 우리 어머니는 이제 끼니의 걱정에서
벗어났기 때문에 저잣거리로 나갔다는 것이 달랐을 뿐.

　미자 언니네 집에서 빈둥거리며 몰래 책들을 읽는 동안, 나
는 희미하게나마 내가 전혀 알지 못하는 세계가 상상할 수도
없이 크게 존재하고 있으며 책은 내게, 아무도 이야기해주지
않으려는 그런 것들을 가르쳐준다는 것을 알았다. 그리고 무
엇보다 그곳에 있는 주간지들에는 이름을 외우기도 낯선, 동
화책 속의 머리카락 노란 제레미나 세라가 아니라 내가 날마
다 부딪히고 알고 싶어 하는, 이영자나, 박철식, 민경희 같은
우리의 아저씨나 언니 오빠들이 등장하고 있었던 것이다. 그
건 뭐랄까, 더 생생하고 꿈틀거리는 그런 세계였다.

　"그래서 병식 씨가 어떻게 했어?"

　"주인집에 말해서 집을 사내라고 하랴. 나보고 그 집에서 뼈
빠지게 일해주었으니께 세탁소 차릴 돈이라도 만들어서 나오
라는 거여."

"그래, 해달라고 해봐. 짱아 엄마가 그 정도는 해줄 것 아니니. 어차피 니가 월급 받고 그 집에 있었던 것도 아니고, 너 시집갈 때 한밑천 해줄 거라고 약속했다며? 말이 좋아 수양딸이지, 다 돈 안 주자는 심보 아니겠니?"

"야가 말허는 것 좀 봐. 우리 아줌니는 그런 사람은 아니여."

"아니기는. 어쨌든 병식 씨가 수원에 봐둔 가게도 있고 하다면서."

이야기가 들리는 동안 나는 아마도 잠이 들었던 것 같다. 잠에서 완전히 깨어나기 전에 그런 말소리들이 멀어졌다 가까워졌다, 그리고 이윽고 멀어졌으니까.

낮잠에서 깨어나 마주친 이 세상은 아주 낯설었다. 눈에 보이는 모든 사물이 푸르스름하게 물들어 있었다. 왜, 어린 시절엔 낮잠에서 깨어나면 그렇게 서러웠을까. 나는 지금도 나의 아이가 낮잠에서 깨어나 서럽게 울 때면 가슴이 철렁해진다. 말이 되든 그렇지 않든, 별로 세심한 어미도 아닌 내가 아이를 그처럼 잘 이해할 수 있는 때는 아마도 없을 것이다. 푸르스름한 저녁 빛이 이 세상에 내려앉을 때, 화단에 심어진 파초나 담장 따라 올라간 연분홍빛 월계꽃 이파리조차 푸른 필터를 끼운 것처럼 보이는 아침인지 저녁인지 분간할 수 없는 그 순간에 말이다. 누구도, 사랑하는 누구와 함께 있어도 모두 고아 같은 그 어스름의 시간.

어쨌든 잠이 들면서 언니가 세탁소를 차려 떠난다 어쩌구 하는 소리를 들은 뒤끝이라 그랬는지, 눈을 떠서 언니가 보이지 않자, 그래서 그때도 나는 울었고, 내 귀로 들리는 나의 울음소리가 하도 처량해서 더욱 악을 쓰며 울었다. 봉순이 언니는 내가 울기 시작하자 미자 언니네 방 안으로 얼른 달려왔고, 잠이 깨서 우는 나를 귀여워죽겠다는 듯이 꼬옥 안아주었다. 그러면 푸르스름한 세상이 조금씩 노란빛을 띠기 시작했고 얼마간은 서러움이 가셨다. 아직도 봉순이 언니는 내가 서러울 때, 내가 따돌림당할 때, 내가 혼자 외로울 때 나를 안아주는 유일한 사람이었다. 엄마였고 언니였고 그러면서 친구인 그녀는, 내 첫사람이었다.

18

하지만 그날 밤 내가 다시 살풋 잠에서 깨어났을 때 봉순이 언니는 이불 속에 없었다. 처음 있는 일도 아니었다. 골목으로 난 창밖에서 천장으로 느티나무 그림자가 요괴인간의 긴 손가락같이 뻗어 있었다. 쥐 오줌으로 얼룩덜룩해진 천장의 장방형 무늬가 창백해지면서 그 평면의 천장을 뚫고 파란 얼굴을 한 누군가가 입체의 얼굴을 내밀 것만 같은 공포. 너무 많은 무서운 이야기들을 들었던 게 탈이었는지도 모른다. 나는 이불을 뒤집어썼다. 하지만 이불을 뒤집어쓰고 나면 정말로 천장의 파란 얼굴이 나를 바라보고 있는 것 같아서 다시 두 눈 아래로 이불을 내리고, 아직은 천장에 파란 얼굴이 없는 것을 확인하면서 몹시 뒤척이고 있었다. 몇 번이나 일어나서 어머니의 방으로 건너가고 싶었지만 그럴 수는 없었다. 그러면 내 무서움은 가시겠지만 어머니가 봉순이 언니의 부재를 알게 될 것이기 때문이었다. 나는 차라리 혼자서 무서움을 참는 편을 택했다.

나는 그 후에 혼자서 미자 언니에게 놀러 가곤 했다. 그 집으로 가는 길에 여전히 골목길을 우우, 누비며 몰려다니는 아이들. 다시는 저들 틈에 끼지 않겠다고 결심했으면서도, 가끔 그래도 혹시나 이제라면 그들이 나를 끼워주지 않을까 손가락을 빨며 담벼락에 기대어 서 있던 날들도 있었다. 하지만 아이들은 아예 나 같은 건 처음부터 알지도 못했다는 듯 우우 몰려 뛰어가버렸다.

그러던 어느 날 미자 언니가 그 집 현관으로 들어서는 나를 보고는 화들짝 놀라 일어났다. 뒷짐을 진 그녀의 손이 나팔바지 뒤로 가 있었고 그곳에서는 아직 다 꺼지지 않은 하얀 연기가 피어오르고 있었다.

미자 언니는 잠시 나를 바라보며 망설이는 표정을 지었다. 그건 봉순이 언니가 깊은 밤 달뜬 얼굴로 돌아왔을 때 내가 깨어 있기라도 하면 짓는 표정과 비슷했다. 나는 그런 때에는 어떻게 해야 하는지 알고 있었다. 나는 아무것도 모르는 어린

아이니 어서 마음껏 할 일을 하라는 표정을 지으면 모든 것이 아무 일 없이 넘어가는 것이었다. 그리고 봉순이 언니는 곧잘 그런 표정에 속아 넘어가곤 했다. 하지만 미자 언니는 잠시 망설이더니 결심을 했다는 듯 하얗고 길쭉하게 생긴 것을 바지 뒤에서 내 앞으로 내놓았다. 그러고는 그곳에 성냥을 켜서 입으로 다시 불을 붙여 내게 내미는 것이었다.

"너도 펴봐, 맛있어."

내가 머뭇거리자 미자 언니는 담배를 제 입에 가져갔다. 볼이 홀쭉해져서 광대뼈가 드러나도록 빨아들인 연기를 후우 내뿜으며 그녀는 나를 향해 빙그레 웃었다. 나는 담배를 받아 들어 입으로 가져갔다. 썩 내키는 일은 아니었지만 그렇게 겁도 나지 않았다. 나는 그때 조금의 기침도 안 하고 미자 언니가 내어주는 담배를 한 대 다 피웠다. 나는 그것이 무슨 의미였는지 알고 있었다. 미자 언니는 나로 하여금 공범이 되게 만든 것이었다. 그런 미자 언니의 의도는, 마치 날 아무것도 모르는 어린아이로 치부해버리려는 봉순이 언니의 의도보다 나를 더 긴장시켰고 흥분하게 만들었다. 내가 그런 생각들을 하며 담배를 한 대 다 피우고 난 뒤 미자 언니는 짙은 눈썹을 찡그리면서 갑자기 표정을 바꾸어 말했다.

"어쭈구리, 쬐끄만 게 제법이야. 얼라리, 너 보기와는 다르

게 보통이 아니구나. 그러면 좋아, 그래, 시방 너도 이걸 먹은
거다. 알았지? 그리구 봉순이나 니네 엄마한테, 내가 이걸 너
한테 주었다고 일르면 큰일 난다. 알았지? 안 그러면 니네 엄
마한테 나도 니가 담배 피운 것 이를 테야."

미자 언니의 말투는 비밀 서약처럼 엄숙했다. 알아들었다
는 표시로 내가 열심히 고개를 끄덕이자, 그녀는 이번에는 부
엌에서 빨간 액체가 담긴 병을 내와서, 그것을 잔에 따라 내밀
었다. 나는 그녀가 내미는 잔을 들어 그 달콤한 것을 한 모금
먹어보았다. 혀에서 느껴지는 맛보다도 먼저 코를 찌르는 독한
향기가 느껴졌다. 그것은 콜라를 많이 먹고 난 후, 뱃속에서
코를 향하여 날카롭게 수직으로 올라오던 그것하고도 다른
느낌이었다. 왠지 기분이 좋지 않은, 마치 봉순이 언니의 이야
기 속에 나오는 새엄마의 목소리처럼 짜릿하면서도 무섭고 불
쾌한 느낌의 것이었다. 나는 싫다고 하고 싶었지만 잠자코 그
것을 몇 모금 더 마신 후 잔을 다시 미자 언니에게 내밀었다.

미자 언니는 우습다는 표정으로 나를 바라보더니 몇 잔을
더 연거푸 마셨다. 나는 그녀와 피라도 나누어 마시고 맹세한
동지 같은, 비장한 느낌이 되었다. 하지만 잠시 후, 나의 육체는
한없이 나른해했다. 따끈하고 푸짐한 햇볕이 그 집의 화단으로
쏟아지고 있었다. 소철의 뾰족한 가시며 세죽의 생선가시 같은

이파리도 그 햇볕 아래서 포동포동 살이 오르는 것 같았다.

아까 마신 술 때문에 머리가 얼얼했지만 나는 탐험을 시작하는 것처럼 흥분된 기분이었다. 미자 언니는 술병을 반쯤 비우고는 마당의 수돗가로 나가서 거기에 다시 물을 조금 채운 다음 병을 흔들었다. 빨간 액체가 흔들릴 때마다 미자 언니의 빨갛게 달아오른 얼굴도 흔들렸다. 미자 언니는 술병을 부엌의 제자리에 갖다 두고 돌아오더니 대청에 길고 나른한 자세로 누웠다. 나도 미자 언니 곁에 누웠다. 대청마루의 시원한 촉감이 좋았다.

"너 봉순이가 밤에 어디 다니는 줄 아니?"

나는 고개를 저었다. 막연하게 세탁소 총각하고 같이 있을 거라는 건 알고 있었지만, 미자 언니의 말소리에는 그런 사실 이상의 비밀스럽고 축축한 의미가 배어 있었다.

"남자랑 여자랑 둘이만 만나면 말이지…… 넌 아직 잘 모르겠지만두, 그런 게 있단다."

미자 언니는 누운 채로 나를 돌아보더니 얼굴 근육을 탁 풀어내며 킁킁 웃었다. 그녀의 입으로 달큰 냄새가 풍겨왔다.

"무슨 이야긴지 너는 모르겠지. 그래, 그렇고 그런 거지. 하지만 한번 빠지면 헤어날 수 없단다. 아싸, 그 짜릿한 맛……"

물론 나는 알 수 없었다. 미자 언니 또한 내가 알아듣는다는 생각에 하는 말 같지는 않았다. 아니, 오히려 내가 알아듣지 못한다는 확신 때문에 더 느긋하게 중얼거릴 수 있었으리라.

"부부라는 게 말이야. 너 니 엄마하고 아빠하고 잘 때 어떻게 하는 줄 아냐구."

미자 언니는 킥킥 웃었다. 나는 아무 말도 할 수 없었다. 자면 자는 거지, 뭘 또 한단 말이며, 자는 중에 꿈꾸는 일 빼고 무엇을 할 수 있단 말인지 나는 알 수 없었고, 궁금하다고 생각해본 적도 없었다. 막연히 여자와 남자가, 아니 그냥 여자와 남자가 아니라 어머니가 된 사람하고 아버지가 된 사람이 한 방에서 잠을 자면 마치 나비가 수술에서 암술로 날아다니며 꽃가루를 묻혀주듯이 아기 씨가 엄마의 뱃속으로 들어가는 거라고 생각했던 나는, 그러나 갑자기 오줌이 마렵기 시작했다. 둥근 붓의 선이 느물거리는 여자의 나체와 남자의 나체가 얽혀 있던 주간지 속의 그림이 떠올랐다. 책을 보았을 당시에는 이해하는 대신 그저 읽어내렸던 그 글귀들이 발갛게 상기된 얼굴로 몸을 비비 꼬며 일어서는 것 같았다.

미자 언니는 한 손으로 나를 끌어당겼다. 눈을 감은 채로, 지금 제 앞에 있는 사람이 아직은 어린 나라는 사실 같은 건 전혀 상관이 없는 것 같았다. 나도 그런 표정을 지어보았다. 그러자 내가 알고 있던 모든 세상이, 저 화단의 꽃들처럼 식물성인 것에서 갑자기 살아 움직이고 꿈틀꿈틀거리는 동물성으로 변해가는 것처럼 느껴졌다. 무언가, 내 속에서 오래도록 나른하던 것이 문득 솟구치고, 그리하여 이윽고는 점점 더 부풀어오르며, 짜릿짜릿한 신경의 말단을 톡, 톡 건드려 기지개를 켜고 있었다.

미자 언니는 여전히 반쯤은 눈을 감은 채 내 얼굴을 자신의 얼굴에 바싹 당겨 끌어안은 후, 몸을 이리저리 꼬았다. 나는 엉거주춤한 자세로 그녀에게 내 몸을 맡기고 있었다. 아아, 놀랍게도 나는 그녀의 말을 기다리고 있었던 것이다. 그녀의 입에서 말이 떨어지면, 혹은 그녀가 어떤 손길을, 그것이 무엇인지는 전혀 감도 잡을 수 없지만, 내 몸에 가져다 대기라도 하면 나는 이 심심하고 따분한 세계에서 주간지에서 본 그 세계 속으로 마치 작은 터널을 빠져나가듯이 쑤웃, 하고 빠져나가, 전혀 새로운 나로 변신할 수 있을 것 같았다.

나는 아랫동네로 이사 온 이후 처음으로 내 몸을 전율시키는 흥분에 몸을 떨었다. 지금에사 봉순이 언니가 나타나, 짱아르을 자압아머억자아…… 하고 으스스한 목소리로 열 번을 말한다 해도 무섭지도 않을 것 같았다. 아마도 내 얼굴은 어머니의 뱃속에서 나왔을 때보다 더 붉게 상기되어 있을 것이다.

19

하지만 그 기분은 무참히 깨어져버렸다. 손가락 끝으로 내 벗은 팔뚝을 쓸어내리던 미자 언니는 대문이 열리는 기척이 나자 발딱 일어섰고, 터널을 빠져나가 꿈틀꿈틀거리는 동물성의 세계로 들어갈지도 모른다는 내 기대는 놀라움으로 변해버렸다.

봉순이 언니가 들어섰다. 미자 언니는 갑자기 부산하게 펌프질을 해서는 마당에 물을 좌악 뿌렸다. 나를 데리러 왔던 봉순이 언니는 마루에 놓인 담배꽁초를 보자 얼굴이 굳어졌다.

"아까 연탄 배달하는 아저씨가 왔거든⋯⋯."

미자 언니는 물어보지도 않은 말을 중얼거리면서 슬그머니 재떨이를 마루 한쪽으로 밀어놓았다. 봉순이 언니가 그렇게 화가 난 표정을 나는 처음 보았다. 언니는 잠깐 망설이는 듯한 표정을 짓더니 우선 나를 들추어 업었다. 나는 이미 또래의 아이들보다 키가 커버려서 언니의 등이 몹시 불편했지만 잠자코 있었다. 그러지 않으면 담배를 한 대 다 피운 것이라든가, 주간지를 읽은 것이라든가, 오줌이 마려운 듯 내 온몸이 근질근질하던 그 이상한 느낌들을 다 들켜버릴 것만 같았기 때문이었다.

집으로 돌아오는 언니의 등은 이제 딱딱해져 있었다. 나는 집 앞에 와서야 겨우 조그만 소리로 이젠 내리고 싶어, 하고 말했다. 언니는 대문 앞에서 나를 내려놓더니 주위를 한번 둘러보고는 내 팔을 잡아끌었다. 무서운 힘이었다. 언니는 마치 나를 혼내기 전의 어머니 같은 표정을 짓고 있었다.

"왜 그래?"

나는 봉순이 언니의 표정을 보며 한 걸음 뒤로 물러서며 말했다. 하지만 언니는 예전과는 달리 엄한 표정으로 나를 뚫어지게 바라보았다. 덜컥 겁이 났다. 이럴 때는 먼저 공격하는 게 수였다. 떼를 써보는 것이다.

"왜 그러냐구! 내가 뭘 잘못했어? 언니가 없으니까 심심해

서 거기 갔단 말이야! 언니 찾으려구 갔다구! 어딜 돌아다니
다 이제 와서 왜 그런 표정을 짓구 야단이야, 야단이길!"

나는 이제는 서러워서가 아니라 전략적으로 울었다. 엄마
는 내가 아무리 울어도 조금도 동요하지 않았지만 봉순이 언
니는 아직 그렇지 않았다. 그리고 내 전략은 잘 적중해서 무서
운 표정을 짓고 있던 봉순이 언니의 표정은 조금 누그러지기
시작했다. 하지만 이상한 일이었다. 봉순이 언니의 동정을 사
려고 울기 시작했지만, 울면 울수록 무서움은 바싹 내 곁으로
쫓아왔다. 담배를 피운 것이라든가, 술을 마신 것이라든가 온
몸이 근질거린 것이라든가, 아무도 내게 그게 금기라고 가르
쳐주지는 않았지만 나는 이미 내가 어떤 금기를 넘어버린 것
같은 두려움을 느꼈다. 주간지에 나온 말대로 넘어서는 안 되
는 선을 넘어버린 것처럼 느껴졌던 것이다. 봉순이 언니는 서
럽게 우는 나를 딱하게 바라보더니 말했다.

"울지 마, 짱아. 대신 너 다시는 미자네 집에 가지 말아. 걘
말야 질이 안 좋은 애야, 알았지?"

질이 안 좋다는 게 무슨 말인지 몰랐지만 나는 열심히 고개
를 끄덕였다.

언니는 그날 밤은 밖으로 나가지 않았다. 대신 골목길 한쪽
계단에 예의 그랬듯이 모서리가 둥글게 닳아빠진 빨래판을

가져다놓고 나를 그 옆에 앉힌 채 이야기를 시작했다.

"그래서 갸가 변소로 갔단 말이여…… 그런데 말이여……."

어둑어둑 서늘함이 내리던 좁은 골목길, 시장에서 돌아오는 부모를 기다리던 아이들이 그 곁으로 하나, 둘씩 모여들었다. 봉순이 언니는 그 아이들을 다 모아놓고 이야기를 계속해 나갔다. 모자를 쓴 것처럼 갓이 넓적한 방범등 주위로 어지러운 하루살이 떼들이 참깨알처럼 소복이 붙어 날고 있는, 여름 밤이었다.

"바지를 내리고 일을 보고 나니까 그제서야 그만 휴지를 가져오지 않은 게 생각난 거여. 어떻게 할까 망설이고 있는디 거시기, 시커먼 변소 밑에서 빨간 손이 쑤욱 나와갖구설라므네…… 빨간 종이 주울까아, 파아란 종이 주울가…… 하는 거여."

아아, 봉순이 언니는 왜 이렇게 날마다 무서운 이야기만 하는 것일까 하는 생각에 봉순이 언니 곁으로 바싹 다가앉는데 남자아이 하나가 침을 퉤 뱉으며 언니에게 말했다.

"진부한 거 말구 진짜 무서운 걸루다 하나 해줘요."

나는 그 남자아이의 얼굴을 바라보았다. 나보다 나이가 한둘 많을까. 아이는 하나도 무섭지 않다는 표정이었다. 나는 다른 아이들의 표정도 살폈다. 전봇대 위에 걸린 외등으로 희미하게 드러나는 동네 아이들의 얼굴에는 왜 무섭다는 표정이 하나도 실려 있지 않을까, 나도 얼른 얼굴을 펴고 언니 곁에서 물러나 앉으며 의기양양하게 말했다.

"맞아, 시시한 거 말구 더 무서운 걸루다……."

하지만 나는 그날 저녁 결국 요 위에다 오줌을 싸고 말았다. 자다가 오줌이 마려워 깨어보니 봉순이 언니가 없었던 것이다. 습관적으로 마당을 가로질러 있는 변소를 생각했으나 도로 자리에 눕고 말았다. 빨간 손이 그 변소 사이로 쑤욱 나오면 어떻게 하나. 나는 어느새 다시 잠이 들어버렸고 그러고는 밤새 화장실 그 깊고 컴컴한 속에서 빨간 손이 나오는 꿈만 꾸다가 축축한 느낌에 눈을 떠보니 요가 젖어 있었다.

물론 엄마에게 들키기 전에 그것을 처리해준 것은 봉순이 언니였다. 언니는 어머니가 외출하기를 기다려 요를 햇볕이 쨍쨍 쬐는 마당에 내어다 널고는 싱긋 웃었다.

"됐지? 그러니께 시방, 언니는 시장 댕겨올게."

"……."

"증말루다. 시장에 가는 거여. 그러니깐 두루 집에 꼭 붙어 있어. 혹시 엄마 오시면 나 거시기 갔다고 해. 어머니가 언제 오든지 간에 방금, 금세 나갔다고 해야 한다. 알았지?"

나는 대답하지 않았다.

봉순이 언니는, 하지만 네가 그래도 결국은 내 편인 걸 알아, 하는 표정으로 나가버렸고 나는 하얗게 햇볕이 튀어 오르는 마당에 서 있었다. 무서움증이 또 몰려왔지만 봉순이 언니가 대문 밖으로 나가버린 마당에 무서워하는 것조차 아무 소용이 없었다. 나는 방으로 들어가 철이 지난 오빠의 교과서를 폈다.

나는 어머니가 검은 철끈으로 묶어준 오빠의 종합장을 몰래 펴고 교과서의 글씨들을 베꼈다. 철수야, 이리 와 놀자, 영희야 어서 와 놀자. 바둑아 이리 와 너도 놀자. 나는 한참을 교과서를 베끼다가 연필을 부러뜨려버렸다. 심심했다. 심심했고 심심했고 심심해서 서러운 기분이었다. 나는 피아노 앞에 가서 그것을 뚱땅거리다가 쾅, 하고 뚜껑을 닫아버렸다. 나는 빈집을 놓아두고 미자 언니의 집으로 갔다. 미자 언니는 내가 들어가자 이번에는 피던 담배를 감추지도 않고 태연히 내게 내밀었다. 나는 어쩔 수 없는 의식처럼, 마치 비밀의 화원의 입장권을 사는 것처럼 흰 연기를 입으로 모락모락 내뿜으며 담배를 다 피웠고, 미자 언니는 주간지를 뒤적이다가 재미있는 상대라도 만났다는 듯 이야기를 시작했다.

"너, 대한항공 비행기하고 김포공항 비행기하고 어떻게 다른 줄 아니?"

비행기라면 그림책에서밖에 보지 않았던 나는 고개를 저었다.

"우리 할머니 할아버지는 광주에서 오실 때 따로따로 온단다. 참 괴팍한 사람들이지. 할머니는 언제나 김포공항 비행기를 타고 할아버지는 대한항공 비행기를 탄단다. 김포공항 비행기는 김포공항에서 타고 대한항공 비행기는 서소문에서 타는 건데 사람들은 그것도 모르고 비행기라면 그저 김포공항 비행기밖에 모른다니까. 나는 둘 다 타보았는데 역시 김포공항 비행기가 좋아. 탁 트인 벌판으로 날아오르는 게 영 기분이 좋거든. 대한항공 비행기는 답답해."

아버지가 한 번 택시를 타고 시내 드라이브를 시켜주었을 때 서소문 고가도로 입구, 중림동으로 들어가는 길이 갈라진 곳에 있었던, 커다란 비행기가 그려진 대한항공 간판을 떠올렸다. 아아, 거기가 대한항공 비행기를 타는 곳이구나 하는 생각도 들었다. 아버지는 미국에서 돌아올 때 김포공항 비행기를 탔다는 것 같았는데……. 정말 미자 언니는 모르는 게 없는 것 같았다. 그러자 봉순이 언니가 내게 해준 이야기들이 모두 시시하게 느껴졌다. 봉순이 언니는 비행기를 비향기라고 발음할 뿐 아니라 생전 그걸 타본 일도 없을 터였다. 미자 언니가 다시 말했다.

"너 여자랑 남자랑 만나서 아이를 어떻게 만드는 줄 아니?"

"......."

"남자가 말이야 여자의 거시기를 뚫어주는 거야. 그러면 막혔던 여자의 구멍이 뚫어지면서 그곳으로 아이가 나오는 거란다."

미자 언니는 집게손가락을 곧추세우고 어딘가를 찌르는 표시를 해보였다. 도대체 그것이 무슨 말인 줄 알 수 없었지만 나는 가만히 고개를 끄덕였다.

"그나저나 애. 너희 엄마가 정말 병식 씨한테 세탁소 차려서 봉순일 시집 보낸다디?"

나는 고개를 저었다. 어머니가 무슨 생각을 하는지 나는 알 수 없었다. 미자 언니는 고개를 갸우뚱하더니 중얼거리기 시작했다.

"이상하다 병식 씨는 그럴 거라고 철석같이 믿고 있는 눈치던데……"

20

그날 밤, 방에서 마악 잠이 들려고 하는데 봉순이 언니가 부스스 일어나는 게 느껴졌다. 봉순이 언니는 일어서려다 말고 제 얼굴을 내 가까이 가져다 댔다. 내가 자나 안 자나 확인을 해보려는 모양이었다. 이번에는 언니를 보내지 않으려고 자는 척하고 있었던 내가 반짝 눈을 떴다. 당황스런 언니와 내 눈이 번쩍, 마주쳤다.

"에구, 깜짝이야. 왜 안 자구 있어. 어여 자지."

"언니가 자꾸 일어나구 그러니까 못 자잖아."

"언니 벤소 갔다 올게, 짱아가 눈 꼬옥 감고 있으면 금방 올껴."

"거짓말."

"정말이라니까. 배가 아파서 벤소 갔다가 금세 올껴."

"거짓말! 대문 열고 밖에 나갈 거면서."

나는 더 이상 혼자 잠들고 싶지 않았다. 언니는 처음으로 내게 무서운 표정을 지었다.

"너 자꾸 말 안 듣고 그러면 거시기 할아버지가 잡으러 온다."

"잡아먹으러 오라지, 망태 할아버지가 오면 시방 잠 안 자고 돌아댕기는 언니부터 잡아먹을걸."

나는 있는 힘을 다해 언니를 노려보았다. 봉순이 언니가 이야기하는 망태 할아버지도 무서웠지만 혼자 잠들었다 깨어났을 때, 요괴인간의 손끝처럼 뻗어나간 나뭇가지의 검은 그림자나 천장을 뚫고 솟아 나올 거 같은 새파란 얼굴보다는 덜했다. 봉순이 언니는 내가 전에 없이 강경하고 슬픈 표정을 보이는 것을 보고는 마음이 좀 심란해진 모양인지, 얼마 전 가발장수의 권유에 못 이겨 단발로 자른 머리에 가는 빗으로 후까시를 넣다 말고 잠시 망설이는 표정을 지었다.

"참 내가 애기들 보다보다 너처럼 잠 안 자는 애긴 처음 봤어. 좋아, 오늘 딱 한 번만이다. 그럼 언니랑 같이 가는 겨. 대신 이건 이 세상 누구한테도 비밀로 해는 거여. 알았지?"

"좋아."

러닝과 팬티만 입은 채로 누워 있던 나는 자리에서 벌떡 일어나 대충 아무 옷이나 꿰어 입고 언니를 따라나섰다. 아버지를 따라 시내로 저녁을 먹으러 가는 길도 그토록 즐겁지는 않았으리라. 생전 보지도 못한 미지의 세계로 모험을 떠나기라도 하는 것처럼 나는 흥분해 있었다. 골목길 계단에는 인적이 드물었고, 늦게 귀가하는 남자들을 만나면 봉순이 언니는 될 수 있는 대로 고개를 숙인 채로 몸을 바싹 담 쪽으로 붙인 채 걸어갔다. 이렇게 늦은 밤 골목길을 걸어가보는 건 처음이었다. 같은 장소도 다른 시간에 보면 이토록 다를 수 있을까 싶었다. 나는 다른 나라로 소풍이라도 온 것처럼 즐거웠다.

길 아래쪽 버드나무가 서 있는 뒤편에 공동 수도가 있고 그 수도를 관리하는 조그만 상자 같은 가건물 앞에서 봉순이 언니는 멈추어 섰다. 밤하늘이 낮게 내려앉아 별들도 보이지 않는 밤이었다. 공동 수돗가 옆이어서인지 사방이 눅눅했고 쿰쿰한 하수도 냄새가 났다. 엷은 안개가 이 도시를 살짝 덮고 있는 듯했다.

"어어이!"

잠시 후 나의 짐작대로 병식이라는 세탁소 총각이 나타났다. 단추를 세 개나 풀어 헤친 번쩍이는 주황색 셔츠를 입은 그는 허벅지가 꽉 달라붙는 검정 바지를 골반에 걸쳐 입고 있었다. 언제나 봉순이 언니와 내가 그 세탁소 앞을 지날 때면 웃통을 벗고 근육이 솟은 몸으로 슈욱슈욱 김이 나는 다리미를 밀고 있다가 봉순이 언니와 눈이 마주치면 그 여드름 많은 멍게 같은 얼굴로 비웃는 듯한 표정을 짓던 그 총각.

가까이서 보니 사람들이 왜 그를 말대가리라고 부르는지 알 것 같았다. 큰 머리의 뒤통수가 일자로 등으로 떨어져 있었던 것이다. 그는 나를 발견하고 잠시 놀라는 표정을 짓더니, 이내 거드름을 피우며 담벼락에 비스듬히 기대어 섰다. 그는 입에 담배를 물고 봉순이 언니에게 턱짓을 해보였다. 그러자 봉순이 언니는 치마 호주머니에서 얼른 낙타표 성냥을 꺼내서 그의 담배에 불을 붙였다.

"잘 붙여야지, 머리카락이 탈 뻔했잖아."

병식이라는 총각은 갑자기 신경질적으로 말하며 불을 붙여주는 봉순이 언니의 머리를 쥐어박았고, 언니는 쥐어박히고도 뭐가 좋은지 머리를 감싸 쥐고 빨간 잇몸을 드러내며 히히 웃었다.

"웃기는, 망할 기집애가."

병식이 총각은 뱀처럼 찢어진 눈으로 나를 휘익 바라보더니 봉순이 언니를 따라 웃었다. 언니가 그 여드름 난 말대가리 세탁소 총각하고 밤마다 만나고 있다는 것을 알고는 있었지만 막상 가까이서 그가 하는 꼬락서니를 보니 기가 막혔다. 그는 잘생기지도 않았고 교양이 있지도 않았으며 더구나 언니를 부려먹는 데 우리 엄마보다 더 익숙한 것 같았다. 언니가 아무리 밥을 태우고 삶던 빨래를 눌려버려도 엄마는 한 번도 봉순이 언니를 쥐어박지는 않았다. 그런데 이 총각은 아무 일도 아닌 것을 가지고 언니를 쥐어박았고 그래도 언니는 좋다고 히히 웃고 있지 않은가. 나는 사실은 세탁소 총각을 만나면 세탁소 유리창에 써 있던 세탁, 드라이, 짜깁기 중에서 짜깁기가 뭐 하는 것인지 꼭 물어보고 싶은 마음이 있었지만 이제는 그런 생각도 사라져버렸다.

21

나는 봉순이 언니의 손을 잡아끌었다. 봉순이 언니가 내 손에 힘을 주며 가만히 있으라고 했다. 내가 언니의 얼굴을 올려다보았지만 언니의 눈길은 나를 이미 잊은 듯 애처롭게 세탁소 총각의 얼굴을 더듬고 있었다. 갑자기 봉순이 언니를 따라 이 깜깜한 밤에 여기까지 온 것이 후회되기 시작했다.

"어제는 어디 갔었던 겨? 세탁소 주인 아저씨가 일하구 있던데."

"인마, 사내대장부가 세탁소 안에서만 갇혀 있어야 쓰겠냐? 수원에 댕겨왔지. 거기 이 병식 말이라면 껍벅 죽는 후배들이 있잖냐, 왜?"

세탁소 총각은 수탉처럼 제 어깨를 부풀리며 말했다. 봉순이 언니는 그가 그렇게 많은 후배들을 거느리고 있다는 말이 감동스러운 표정이었다.

"말이라두 해주구 가지 그랬어."

"이 망할 년아, 남자가 움직이는데 기집애한테 허락받구 다니냐? 형님이 곧 색시를 얻어서 내려갈 거니까 가겟자리 하나 봐두라고 했다 왜?"

남자는 오만한 얼굴로 엄지와 검지로 담배를 빨아 피우며 재빨리 봉순이 언니의 얼굴을 살폈다. 그가 어깨에 잔뜩 힘을 넣고 말하는 동안 곧 감동의 눈물이라도 흘릴 것 같은 봉순이 언니는 색시라는 말은 감동스러웠지만 뒷말이 부담스러웠는지 얼굴이 휘익 어두워졌다.

"그나저나 이 꼬마는 오늘 밤 내내 달구 있어야 되는 거냐?"

그는 나를 바라보며 다시 봉순이 언니에게 물었다. 봉순이 언니가 난처한 표정으로 처음 나를 바라보았다. 나는 봉순이 언니의 손을 놓지 않은 채로 봉순이 언니를 올려다보았다. 언니는 그래, 짱아 이쯤에서 네가 빠져주어야 되겠다 하는 표정이었다. 이럴 수가, 자려는 나를 데리고 나오기까지 하고 이럴 수가, 하는 배신감 때문에 나는 입술을 앙다물고 언니를 노려본 채로, 그러면 나 울 거야, 큰 소리로 울 거야 하는 표정을 지었다.

"맘대루, 그럼 오늘 밤은 이 꼬마랑 잘해보셔. 이 몸은 들어가서서 잠이나 주무셔야겠다. 아이아. 좋은 밤이다."

세탁소 총각은 여전히 거만한 목소리로 느릿느릿 담배를 던지고는 기지개를 켰다.

"잠깐만, 잠깐만 있어봐, 내가 금세 도루 데려다놓고 올게."

언니는 나와 세탁소 총각을 번갈아 바라보다가 풀이 죽은 목소리로, 그러나 간절하게 말했다.

"그럴래? 그러려면 그러든지. 그리구 올 때 뭐 시원한 걸루 다 하나 사 와라, 목 타죽겠다."

봉순이 언니는 묵묵히 나를 끌었다. 나는 화가 났다는 표시로 입을 미어져라 앞으로 내민 채 그녀를 따라 다시 계단을 올라갔다.

"빨리 와야 돼, 난 기다리는 건 질색이야."

총각의 목소리가 들렸다. 언니는 우리 집 앞에서 가만히 대문을 밀고 나를 그 안으로 디밀었다.

"어여 들어가. 언니 금방 댕겨올게."

"……"

"어서 들어가래두!"

"……."

"짱아, 말 들어, 어여! 안 그러면 너 지난번에 오줌 싼 거랑 미자네 집에 간 거…… 알지?"

봉순이 언니는 두 입을 꽉 다물고 무서운 눈을 해보였다. 나는 아무 말도 하지 않고 그 자리에 서 있었다.

봉순이 언니는 서둘러 몸을 돌리다가 걱정이 되었는지 잠시 발길을 멈추고 나를 돌아보았는데, 마치 아이가 쥐고 있는 옷고름을 잘라놓고 밤도망 치는 어미의 표정 같았다. 나는 집 안으로 들어와 봉순이 언니가 없는 내 방의 문을 밀고 자리에 누웠다. 언니가 나를 목욕탕에 빠뜨린 것도 엄마에게 이를 생각이 없었다. 그러면 봉순이 언니가 엄마에게 혼이 날까 봐 그런 것이었다. 밤에 몰래 빠져나가 나를 무섭게 했어도, 봉순이 언니가 엄마의 화장품을 몰래 바르고 다시 손가락으로 통속의 화장품을 표시 나지 않게 얇게 펴두는 것도 나는 이르지 않았다. 그건 봉순이 언니와 나 사이의 약속이었고 사랑이라고 믿었던 것이다. 그러나 언니는 이제 와서 치사하게 나를 협박하고 있는 것이다. 나는 이불을 뒤집어쓴 채로 조금 울다가, 남은 울음을 턱에 끙끙거리며 중얼거렸다.

"바보 같은 게 대한항공 비행기하고 김포공항 비행기하고 어떻게 다른지도 모르는 바보 같은 게…… 병식인지하고 넘어

서는 안 될 선을 넘어버린 게. 식모 주제에, 우리 집에 얹혀사
는 식모 주제에……."

22

나는 이제 아버지하고 노는 데 더 정신을 팔기 시작했다. 회사에서 주었다는 아버지의 일제 도요타 크라운 차는 검고 반짝반짝하고 멋졌다. 아버지는 월요일에서 금요일까지는 운전기사에게 운전을 시켰지만 주말이면 손수 운전을 하고 우리들을 데리고 다녔다. 미국 유학 끝 무렵 자동차를 팔면서 언제 다시 운전을 해볼 수 있을까 하는 생각에 차마 키를 뽑기 힘들었다던 아버지는 이제 비참하지 않은 것 같았다. 사람들이 더 악착스러워진 것 같다고 슬픈 목소리로 말하지 않았다. 머리에 기름을 발라 이마 뒤로 넘기고 내가 사달라는 것은 무엇이든 사주었다.

아버지는 서구적인 가장이 되려고 결심한 것 같았다. 피아노를 들여놓고 나를 피아노 선생에게 보냈다. 그러고는 아침마다 아버지가 잠에서 깨어날 때 내가 피아노를 치고 있으면 5원을 준다고 했다. 나는 그 5원을 벌기 위해 재미도 없는 피아노를 아침마다 두드려댔고 아버지는 우리 집에 피아노 소리가 울리는 것이 흐뭇한 듯했다. 우리들은 아버지의 퇴근 시간에 맞추어 제일 좋은 옷과 공단 리본이 달린 까만 구두를 신고 기다리고 있다가 아버지의 전화가 걸려오면 온 식구가 저녁을 먹으러 시내로 나갔다.

아버지가 미국에 있었을 때 저녁을 일찍 해 먹고 서부역 뒤 봉래극장에 괴기영화라도 보러 가는 날이면 엄마는 물론 봉순이 언니까지 칠보단장을 하고 집을 나서던 때와는 사뭇 다른 풍경이었다.

처음에 아버지가 놀러 가자는 말을 꺼냈을 때 봉순이 언니는 새 옷을 갈아입으며 들떴다. 하지만 어머니는 말했다.

"너까지 가면 집 볼 사람이 없잖니?"

언니는 순간 얼굴이 팍, 하고 굳어지더니 고개를 푹 수그렸다. 아버지가 미국에서 돌아오던 날 언니 몫의 선물이 없다는 것을 알았을 때 짓던 그런 표정이었다. 그러고는 아주 힘이 없는 목소리로 말했다.

"아주머니 저도 가면 안 될까유? 옆집 할머니가 집 봐준다고 했는데…… 다음엔 안 따라갈게유…… 그냥 이번 한번……."

하지만 엄마는 대답했다.

"짱이 새로 산 원피스 입혀라."

봉순이 언니는 혼자서 방구석의 장판이 벗겨진 곳에 한참 시선을 주고 있다가 시무룩한 표정으로 나들이옷을 벗었다.

어머니는 정말 집을 봐줄 사람이 없어서 언니를 데리고 가지 않았던 것일까. 나는 이제 알고 있었다. 그건 거짓말이었다. 그전에, 아버지가 돌아오시기 전에도 나들이를 갈 때면 이웃집 할머니께 저녁상을 차려드리고 봉순이 언니까지 모두 외출을 했던 기억이 있었던 것이다. 이웃집 할머니는 우리가 새로 산 텔레비전만 틀어드리면 밤이라도 샐 수 있다고 말했던 것이다. 우리가 봉순이 언니 대신 아버지와 첫 외출을 하는 날 언니는, 어머니 말대로 느려터지고 손재주도 없지만 억척스레 일도 잘하고 그저 심성 하나 고운, 순한 봉순이 언니는 대문 앞에서 오래오래 손을 흔들었다.

언니가 얼마나 놀러 가고 싶을까, 아버지의 그 까만 차를 얼마나 타고 싶을까 하는 생각이 들었지만 나는 아무 말도 하지 않았다. 나는 이제 어머니에게 봉순이 언니가 정말 우리 식구 아니냐고 묻지 않았고, 묻지도 않았는데 어머니가 내 손을 잡으면서 중얼거렸다.

"쟤가 너무 잘해주었더니 이젠 머리 꼭대기까지 올라오려고 하네. 어디라고 지가 따라나서, 나서길, 주제를 알아야지, 참, 너무 잘 대해주어서도 안 돼."

이 아랫동네에 와서 나는 너무 많은 것들을 알아버렸다. 돈이 있으면 사탕처럼 집도 살 수 있고, 돈이 없으면 그 집에서 쫓겨날 수도 있으며, 그리고 심지어 사람조차도 미자 언니나 정자 언니나, 그리고 우리 봉순이 언니조차도 사실은 돈을 주고 사는 거라는 걸 말이다. 아버지는 자동차에 키를 다시 꽂을 수 있어서 이제 비참하지 않았고, 어머니는 자신이 언젠가 '있는 집 사람들이 더 무섭다'고 말한 대로 '있는 집 사람들'이 되었고, 그래서 무서워진 것 같았다.

하지만 내가 아무것도 모른 채, '나쁜 주인집 딸년'이 되어서 서러움을 받았듯이 봉순이 언니가 이 나들이에 함께 갈 수 없는 슬픔 역시 그녀의 잘못은 아니었다. 우리는 둘 다 전혀 다른 방향이긴 했지만 무언가, 불행해지고 있는 것 같았다. 누가 대체 언제서부터 그런 일들을 정해놓았을까, 엄마에게 손을 잡혀 걸어가다가 뒤를 돌아보았다. 봉순이 언니는 시무룩한 표정을 거두고 입술을 앙다물더니 나와는 시선을 마주치지 않은 채 대문을 쾅 닫고 안으로 들어가버렸다.

23

　집안이 발칵 뒤집어진 것은 그 며칠 후였다. 새로 계를 부어 산 어머니의 다이아 반지가 사라진 것이었다. 혹여라도 도둑이 들까 봐 화장대에도 못 놓아두고, 또 도둑이 발견했다 하더라도 하찮은 물건처럼 보이게 하려고 신문지에 아무렇게나 싸서 이불들 틈에 넣어둔 반지라고 했다. 어머니는 집 안의 장롱 속을 뒤지고 또 뒤졌고 나중에는 이불이란 이불은 모두 꺼내어 호청을 뜯었다.

　"분명히 꽃무늬 차렵이불 사이에 넣었더랬는데, 내가 왜 이렇게 정신이 없지."

어머니는 하루 종일 중얼중얼거리며 정신이 나간 사람 같았다. 어머니는 호청이 뜯겨져 나간 이불들 더미에 앉아 있다가 하얀 솜 부스러기가 붙은 머리카락을 쓸어 올리며 우리 형제들을 불렀고, 넌 못 보았니, 넌 못 보았니, 묻다가 그제야 생각이 난듯 물었다.

"봉순이는 어디 갔니?"

점심을 먹고 봉순이 언니는 사라져버렸던 것이다. 아마 또 아랫동네 세탁소 앞을 왔다 갔다 하고 있을 터였지만 나는 아무 말도 하지 않았다. 저녁을 지을 무렵 봉순이 언니가 대문을 소리 나지 않게 살며시 열고 집 안으로 들어섰다. 이제 부엌의 찬장까지 뒤지던 어머니는 그제야 생각이 난 듯 봉순이 언니를 보고 물었다.

"봉순아 너 내 다이아 반지 못 봤니?"

"다이아 반지요?"

"왜, 내가 그전에. 아니다, 너는 알 리가 없겠구나."

어머니는 골똘히 생각에 잠기는 듯했고 그 밤 우리에게 더 이상 아무 말도 하지 않았다. 하지만 다음 날 아침, 우리 집에 새로 들어온 전화로 어머니는 누군가를 불러냈고 어머니의 동창이라는 업이 엄마가 새파란 원피스에 노란 양산을 들고 우리 집으로 왔다.

"글쎄. 내가 그런 거 전문이니까, 임자는 시방 아무 소리 말고 가서 애나 찾아와. 지난번에 그 넙치 엄마네 식모가 루비 반지랑 진주 목걸이랑 훔친 거 내가 찾아냈잖아. 뭐 하는 거야, 어여 애 찾아오지 않고."

"설마, 걘 내가 우리 딸처럼 키운 앤데…… 애가 느려터지구 둔해두 그런 짓을 할 깜냥은 없는 애인데."

"임자는 남을 어떻게 믿어, 믿기를. 세상 변한 걸 알아야지. 아, 임자두 말은 그렇게 해도 미심쩍으니까 날 부른 거 아니야? 그러기에 진작 어제 손을 써야 했는데 늦지나 않았나 모르겠네."

어머니는 영 심란한 표정이었다. 이게 내가 잘하는 짓일까 하는 망설임이 자꾸 어머니를 머뭇거리게 하는 것 같았지만, 업이 엄마의 말을 들어보는 게 좋겠다는 생각이 들었는지 나를 불렀다.

"짱아, 가서 봉순이 오라구 해라."

언니와 오빠가 모두 학교로 가고 마당 한구석에서 소꿉을 살고 있던 나는 어머니와 업이 엄마가 하는 소리를 듣고 있다가 고개를 들었다. 업이 엄마와 어머니는 벌써 봉순이 언니와 내가 쓰는 방으로 들어가고 있었다. 열린 방문 틈으로, 봉순이 언니의 낡은 가방이 파헤쳐지고, 언니가 이미자의 노래 가

사를 받아 쓴 노트들이 파르르 넘겨지고 언니의 속옷 보따리
가 헝클어지는 게 보였다.

"뭐 하니? 가서 봉순이 불러오라니까!"

방문 안을 멍청하게 들여다보고 있던 내게 어머니는 소리를
쳤고, 나는 시무룩한 표정으로 서 있다가 하는 수 없이 집 밖
으로 나왔다. 골목길에는 여전히 아이들이 놀고 있었고, 아랫
집 지붕을 건너뛰던 도둑고양이가 나와 눈이 마주치자, 한동
안 멈칫하더니 야옹 하고 울며 사라졌다. 이상하게 가슴이 뛰
었다. 무언가 내 힘으로는 도저히 막을 수 없는 일이, 내가 이
제까지 몸을 맡기고 있었던 것과는 근본적으로 다른 조류가
다가오는 것 같은 불길한 예감이 막연하게 나를 덮쳤다. 엄마
와 업이 엄마의 손끝에서 헤쳐지던 봉순이 언니의 사물들이
뭐랄까 사냥감이 되어버린 짐승의 몸뚱이처럼 느껴졌던 것이
다. 나는 피 냄새를 맡은 물고기처럼 예민해져가고 있는 것을
느꼈다. 느끼한 것을 많이 먹은 것처럼 배가 자꾸만 미식미식
거렸다. 봉순이 언니를 찾을 생각은 하지 않고 미자 언니네 집
으로 가서 담배를 한 대 청한 것은 그런 이유 때문이었다.

"참, 얘가 이거 사람 잡을 애 아냐."

미자 언니는 불이 붙은 담배를 내어주면서 기가 막히다는
듯 혀를 끌끌 찼다. 심란한 표정으로 익숙하게 담배를 피워 물

고 있는 다섯 살짜리 내 모습이 기가 막히기도 했으리라.

저녁 무렵 내가 집으로 돌아가자, 대문 가까운 공부방에 있던 우리 언니가 연필을 입에 문 채로 삐죽 고개를 내밀고는 손짓을 했다.

"이리 와 너, 안방 근처엔 가지 말고. 엄마가 여기 공부방에 와 있으래."

나는 대답 대신 문이 닫힌 안방 문을 바라보았다.

"빨리 말하지 못해!"

날카로운 업이 엄마의 목소리가 들려왔고, 낮게 타이르는 어머니의 목소리, 그리고 침묵이 이어졌다. 나는 우리 언니의 말을 무시하고 시멘트 바른 마당을 건너가 건넌방 툇마루에 앉았다.

"아니라니? 아니라면, 이 집에서 너 아니면 손 탈 사람이 누가 있다고 아니라는 거니! 안 되겠다. 너 혼 좀 단단히 나야겠구나, 응? 네가 정 그렇다면 일어나. 어서 일어나라니까!"

"……"

"너 이제 보니 얼굴은 순둥이같이 생겨가지구는 속은 아주 독한 데가 있는 애로구나. 너, 나로 말하자면 니네 착한 아주머니하구는 근본적으루다 다른 사람이야. 니네 아주머니가 널 어떻게 키웠는지 내가 다 아는데 니가 이러면 안 되지. 그래도 말 못하겠니? 좋아, 니가 콩밥을 먹어야 정신을 차릴 모양인데…….”

“아니예유. 지는 아니라니깐유.”

“그래, 그럼 증명을 해봐. 니가 아니라는 걸 증명을 해보란 말야.”

“아니믄 아니지 그걸 어뜿게 증명을 해유. 긴 걸 증명하라믄 모를까.”

“그래, 니가 정 아니라니까 마지막으로 하나만 더 해보고 끝내자. 거기 옷 벗어봐라.”

봉순이 언니의 어눌한 말투를 낚아채듯 덮치는 업이 엄마의 목소리는 톤이 높고 지나치게 또박거려서 금방 알아들을 수가 있었다. 그런데 그 또박거리는 목소리는 말하고 있는 것이다. 벗으라고.

“괜찮아, 벗어. 다 니가 무고한 걸 밝혀주려고 그러는 건데 왜 안 벗니? 벗으라니까.”

“아줌니 왜 그래유, 지는 아니여유, 아니라니깐드루 자꾸 그러셔요, 그러시길, 시방.”

“너 자꾸 이러면 경찰에 넘긴다. 시집두 안 가구 콩밥 먹어야 말 들을래?”

“글쎄 난 몰라유. 다이언지 타이언지가 어뜿게 생겨먹었는지

125

알아야 말을 하쥬."

"그러니깐 벗어봐, 벗어보면 될 거 아니냐? 응?"

"왜 이러시는 거예유, 증말…… 아줌니, 지가 뭘 어떻게 했다구."

드디어 봉순이 언니의 흐느낌 소리가 들려왔고 어머니와 업이 엄마의 한숨 소리, 한동안 안방은 죽은 듯 정적이었다. 다만, 작년 가을 단풍잎을 넣어 바른 안방의 흰 창호지가 팽팽하게 부풀어 오르는 것 같았다.

그리고 한참 후, 두런두런 낮은 소리가 들려오더니 장호지를 팽팽하게 퉁기던 긴장을 타닥 하고 가르는 소리가 들렸다. 봉순이 언니가 급하게 입느라 허리춤의 고무줄이 제대로 펴지지도 않은 뭉툭한 팬티를 입고 나머지 옷으로 대충 몸을 가린 채 거의 반라의 몸으로 안방 문을 민 것이다. 대청을 겅중겅중 건너는 언니의 허연 속살덩어리─그 허연 것은 왜 그때 그렇게 넓고 크고 퉁퉁 부은 것처럼 느껴졌을까─가 그대로 내 눈에 와서 박히자, 언니와 매일 목욕도 하고 같은 방에서 벗은 채로 잠도 자던 나는 그만 고개를 떨구어버렸다. 이상하게도 온몸이 덜덜 떨려왔다.

나는 마치 내가 털 뽑힌 닭이라도 된 것처럼 더 작게 몸을 움츠렸다. 하지만 봉순이 언니는 나 따위는 안중에도 없는 모양이었다. 봉순이 언니는 우리가 쓰는 건넌방으로 급히 건너가 문을 닫았고 잠시 후, 엎어져 우는 듯 낮은 흐느낌 소리가 들려왔다. 봉순이 언니의 울음소리를 나는 그때 처음 들었다. 엄마에게 아무리 야단을 맞아도 울지 않는 언니였다. 조금 눈물을 찔끔거리다가도 내가 들어가 간지럼이라도 태우면 금세 히히 웃던 언니. 그런데 언니가 울고 있다. 벗은 채, 허리춤에 오는 팬티 고무줄이 울룩불룩 허리에 꼬여 걸린 채, 급하게 팬티를 올려 입은 모습으로, 허연 살덩이가 울고 있다.

나는 툇마루에 꼼짝없이 앉아 있었다. 팔다리가 빳빳해져서 움직일 수가 없었다. 고장 난 인형의 그것처럼 움직일 수가 없는 내 눈은 그저 마당 저쪽에 고정되어 있었다. 마당 저쪽 화단의 목 긴 백일홍의 붉은빛이 멀어졌다 가까워졌다 이윽고는 뿌옇게 보였다. 아침에 피었다 시든 나팔꽃의 진자줏빛 꽃이파리, 내가 꽃술을 뽑아서 꿀을 빨아 먹던 샐비어의 핏빛 꽃이파리들이 금방이라도 흐드득 흐드득, 허공으로 흩어져버릴 것만 같다가 그것마저 이내 안개에 휩싸인 듯 뿌예졌다.

설마. 엄마가 목욕탕도 아닌 곳에서, 그것도 아무리 어머니의 친구지만 업이 엄마라는 남 앞에서, 이를 잡아주는 것도 아니면서, 다 커버린 봉순이 언니의 옷을 벗겼다는 게 설마 설마, 내 눈으로 보고도 믿어지지 않았다.

잠시 후, 업이 엄마가 핸드백을 들고 안방을 나와 댓돌의 신을 신었다.

"그러기에 내가 어제 족쳐야 된다고 했잖아, 벌써 늦었다고, 꽝 된 거야. 은혜를 몰라도 유분수지. 임자가 걜 어떻게 키웠는지 우리가 다 아는데. 어쨌든 임자가 그렇게 무르니까 애들이 분수가 없는 거라고."

업이 엄마는 딱하다는 듯 혀를 끌끌 찼다.

24

그리고 그날 저녁 방 안에 박혀 있던 봉순이 언니는 퉁퉁 부어 더욱 두터워진 눈두덩을 힘주어 뜨고 방에서 나왔다. 봉순이 언니는 말없이 광에서 쌀을 퍼다가 밥을 안치고는 장독에서 된장을 퍼다가 찌개도 끓이고 누룽지도 만들었다. 심란한 표정의 어머니가 안방에 틀어박힌 채 저녁상을 마다했고 우리 형제들하고 봉순이 언니만 둘러앉아 밥을 먹었다. 감히 봉순이 언니를 똑바로 쳐다볼 수가 없어서 반찬을 집는 척하고 힐끗 바라보니 봉순이 언니는 소처럼 밥을 꾸역꾸역 씹고 있었다. 누구도 입을 열지 않은 그날 밤, 함께 있으면 언니가 멋쩍어할까 봐 나는 안방에서 일부러 늦도록 TV를 보았다. 그러고는 무거운 솜이불처럼 잠이 쏟아졌을 때 방으로 건너가보았다. 언니는 이불을 뒤집어쓴 채였다. 내가 들어오는 기척이 나고 내가 자리에 누웠어도 언니는 아는 척을 하지 않았다. 이불에 덮인 언니의 등이 완강해 보였다. 언니가 불쌍했고, 다이아 반지가 사라졌다는 사실이 무서웠고, 그래서 눈물이 나올 것 같아서 나도 언니처럼 이불을 뒤집어썼다. 잠이 오지 않았다. 같은 방에 나란히 누워 봉순이 언니를 이토록 남이라고 느껴본 적은 그때가 아마 처음이었으리라.

그리고 그 밤잠에서 깨어보니 봉순이 언니는 없었고, 그 밤이 지나고 다시 며칠이 지나도록 돌아오지 않았다. 아랫동네 세탁소에는 병식이 총각 대신 머리가 벗어지고 키 작은 주인이 뚱한 얼굴로 슈우욱 소리를 내며 다림질을 하고 있었다.

25

업이 엄마는 다시 우리 집으로 찾아왔다. 이번에는 빨간 원
피스를 입고 노란 양산을 든 차림이었다. 방바닥에 배를 깔고
엎드려, 드레스를 입은 공주와 말을 탄 왕자의 이야기를 읽고
있던 내가, 창호지 문고리 밑에 끼워놓은 작은 유리 사이로 내
다보니 업이 엄마의 뒤꽁무니에 거의 매달린 형상으로 한 소
녀가 들어서고 있었다. 죽은 맨드라미 빛깔의 보따리를 껴안
고 서 있는 소녀의, 깃이 너덜너덜한 초록색 셔츠가 촌스럽고
더워 보였다. 업이 엄마는 대청마루에 걸터앉아 어머니가 내
미는 미숫가루를 한 사발 다 들이켜고는 이놈의 동네는 왜 이

렇게 높은지, 올라오면 땀이 한 바가지야 하며 휴우 숨을 내쉬었다.

업이 엄마를 따라온 소녀는 보퉁이를 껴안은 채로 어쩔 줄 몰라 하고 있었다. 나는 얼른 눈을 내리깔고 보던 그림책을 더 들여다보았다. 봉순이 언니가 떠난 후 어머니는 내가 한밤중 잠에서 깨어나 경기를 했다고 했다. 한번은 애가 어떻게나 사지를 뒤틀고 눈을 까뒤집던지, 어머니가 놀라 밤중에 나를 업고 굴레방다리에 있는 송림소아과까지 뛰어갔다고 했다. 병원이 닫은 줄은 알았지만 문을 두드려 사정이라도 해보려고, 그렇게 뛰다가보니 누군가 어머니를 불렀다고 했다.

"엄마, 차가워. 비가 오잖아."

어머니가 하늘을 올려다보니 정말 비가 떨어지고 있더라고, 기가 막힌 어머니가 철시한 아현시장 중간에 서서 어쩔까 하고 있으려니 애가 그대로 잠들어버리더라고, 그 후로도 몇 날 동안 그렇게 몇 번을 자다가 까무러치고 그렇게 몇 번을 자다가 몸부림을 치며 울고, 그러면서 아침이 되면 나는 거짓말처럼 말짱했다. 사지를 뒤틀며 경기를 한 것도 어머니가 나를 업고 병원으로 뛰어간 것도, 비가 온다고 엄마에게 말한 것도 거짓말처럼 기억나지 않았다.

사라진 봉순이 언니는 사라짐으로써 자신이 다이아 반지

를 훔쳤다는 것을 입증해 보인 셈이었고, 어머니도 아버지도 우리 언니나 오빠, 그리고 동네 사람들 모두 그녀의 배신에 대해 혀를 차고 있었다. 게다가 부끄럽게도 스물도 안 된 처녀가 남자와, 그것도 평판이 안 좋은 남자와 도망을 치다니. 그녀는 배신자며 도둑이며 화냥녀였다. 경찰서에 신고하지 않은 것도, 그런 아이를 배곯을 때부터 데리고 키워준 것도 다 어머니가 사람이 착해서였다. 동네사람들이 그렇게 말하고 있었던 것이다. 그러니 배신자며 도둑인 사람을 그리워해서는 안 되는 것이었다. 어머니는 요즘 들어, 막내가 봉순이 등에 붙어 자라서 걱정했는데 신통하게도 봉순이 없이 잘 적응하고 있어서 그래도 한시름 덜었다고 입버릇처럼 말하고 있는 중이었다. 나는 그림책에 얼굴을 박았다. 그때 말을 타고 지나가던 왕자님이 물었습니다. 이 공주는 왜 여기서 이렇게 잠을 자고 있는 거지요?

"몇 살이냐?"

어머니가 묻자 소녀는 눈물이 그렁그렁한 눈을 내리깔았고 그러자 주르르 눈물이 흘러내렸다. 나쁜 계모가 우리 착한 공주에게 독이 든 사과를 먹였답니다. 진정으로 사랑하는 사람이 나타나 그녀의 입에 입을 맞추어주기 전까지 공주는 깨어날 수 없답니다.

"니가 열셋이냐 열넷이냐. 아무튼 우리 먼 친척인데, 지난번에 내가 고향 결혼식에 내려갔더니 애 엄마가 앨 어디 취직 좀 시켜달라 하더라구. 데리고 가서 무슨 일이든 시켜도 좋다. 그저 지 입 하나 건사하구 기술까지 배우믄 좋지 않겠느냐구, 그러니 공장에 보낼 수 없겠냐 그러길래, 그래, 내가 공장은 절대 안 된다구 데리구 올라왔지. 요새 새루 생긴 구로공단인가에서 애들을 꼬실려구 혈안이 된 모냥이야. 근데 공장 가믄 여자애들 다 버리잖아."

"형제는 많으니? 부모님은 살아 계시고?"

어머니가 소녀에게도 미숫가루를 내어주며 물었다.

"아유 말 마. 애 엄마도 딱한 게 애 밑으로 딸을 줄줄이 여섯이나 더 낳았다니까. 나라에서 애들 좀 그만 낳으라구 그래두 시골 사람들 뭐 그 소리 듣나, 지금도 그저 아들이라면 사족을 못 쓰니…… 쯧쯧, 물려줄 땅뙈기 하나 없으면서 아들은 그렇게 낳고 싶은지……. 아, 입이 그렇게 많으니 두 양주가 뼈 빠지게 일해두 밑 빠진 독이지 뭐. 애, 너 뭐 하니, 어서 주인 아주머니한테 인사드리지 않구?"

업이 엄마가 말하자 미숫가루 대접을 들고 골똘히 그것만 들여다보고 있던 소녀는 여전히 눈을 내리깐 채로 뻣뻣한 상체를 굽혔다.

"그래, 앉아라. 이름이 뭐니?"

"미, 미경이에요."

엄마가 묻고 업이 엄마가 대답하다가 처음으로 소녀가 입을 열었다.

"밥은 먹었니?"

"임자두 걱정은, 내가 오다가 먹였어."

"그래, 그래두 배고프믄 말해라. 너도 어린 나이에 집 떠나서 고생이겠다마는 어떻게 하겠니? 다 팔잔데. 마음 단단히 먹고 우리 집에서 조신하게 살림 배우고 있으면 아줌마가 좋은 데 시집보내줄게."

소녀는 아무 말도 하지 않았다. 다만, 뭐라 말을 할 듯하다가 입술을 악물자 눈에서 거짓말처럼 주르르 눈물이 흘러내렸다. 흘러내린 눈물이 그녀의 뺨 위에 검은 땟국물을 그렸다.

"들어와라. 위로 두 아이는 학교 갔다 이따 올 거구, 우리 집 막내하구 한방을 써라."

어머니를 따라 소녀가 내 방으로 들어서고 있었다. 발바닥에 묻은 때가 발등까지 올라붙은 그녀의 두툼한 흰 광목 양말이 보였다. 그녀는 먼지 나는 먼 길을 온 것 같았다. 나는 여전히 배를 방바닥에 댄 채로 그림책에 얼굴을 박고 있었다. 이렇게 아름다운 공주에게 누가 그런 짓을 했단 말이요? 내가 이 공주를 구해보리다.

봉순이 언니는 이제 돌아오지 못할 것이었다. 설사 돌아온다 해도 이젠 있을 자리가 없을 것이었다. 하지만 아무리 도둑이고 아무리 배신자라 한들, 식구라고 해놓고, 이모네 집에 다녀오던 길에 모래내 벌판에서 어머니 입으로 그렇게 말해놓고, 어머니는 봉순이 언니를 벌써 잊었는가 보았다. 사람이 사람을 보내고 그리고 잊는다는 일이 어떻게 그렇게 쉬울 수 있는 것일까. 나는 고개를 들지 않았다. 왕자는 어여쁜 공주의 입술에 키스를 했습니다. 그런데 이게 웬일일까요?

"짱아, 어서 인사 안 하구 뭐 해? 미경이 넌 쉬어라. 이따 저녁이나 안치구. 짱아, 일어나. 미경이 언니다."

나는 하는 수 없이 일어나 앉았다.

어머니가 나가버리자 그녀와 나 둘만이 남았다. 그녀는 이제부터 자신의 방이 될 곳을 둘러보지도 않고 골목 쪽으로나 있는 창만 멍청하게 바라보았다. 아까 흘린 눈물이 그녀의 얼굴 위에서 거뭇한 자국을 내며 말라붙고 있었다. 열네 살이라는데 키는 겨우 나보다 조금 더 클까, 내가 빤히 올려다보자 그녀는 그제야 천천히 자리에 앉았다. 이제 이 방에 낯선 타인이 온 것이다. 어머니나 아버지 말고, 언니나 오빠 말고, 가끔 들르는 이모나 삼촌들 말고, 봉순이 언니가 아닌 다른 사람.

그녀는 여전히 죽은 자주색 보자기에 싼 보따리를 껴안은 채였다. 그러다 문득 시선이 마주쳤다. 겁먹은 듯한 그녀의 커다란 두 눈이 잠시 멍하니 끔뻑끔뻑했다. 커다란 쌍꺼풀진 눈이며 검은 속눈썹이 어여쁜 소녀였다. 그녀는 알았을 것이다. 이 룸메이트가 결코 자신을 환영하지 않고 있다는 것을. 그녀의 고개가 천천히 벽 쪽으로 돌아갔다. 그녀는 이 낯선 것 투성이의 풍경을 이제는 더 참을 수가 없다는 듯, 그러나 큰 소리로 울면 안 된다는 걸 알기는 한다는 듯, 두 손으로 얼굴을 가리고 한구석 벽에 머리를 기대고 훌쩍훌쩍 울었다. 그녀의 야윈 등은 아기처럼 조그마했다. 다시 그림책에 얼굴을 박았지만 그림책의 커다란 글씨들이 금방 어룽어룽해졌고, 잠자는 공주의 머리께에 얼굴을 박고, 나도 조그맣게 울었다. 봉순이 언니가 보고 싶었던 거다.

26

　미경이 언니는 그 후 다시는 울지 않았지만 늘 멍했다. 설거지를 하다가 어머니가 부르면 생각에서 깨어난 듯 화들짝 놀라며, 예 하고 대답하면 그뿐, 금세 또 멍해졌다. 어머니가 새 옷을 사다 주어도, 아주머니 고맙습니다, 하고 말할 뿐 그 옷을 입지 않았고, 제가 가지고 온 죽은 맨드라미색 보자기 속에 차곡차곡 개켜두고는 고집스럽게 촌스러운 초록색 셔츠만 입고 있었다. 내가 사준 옷 다 어쩌고 꼴이 그게 뭐니, 몇 번 지청구를 주다가 어머니도 포기해버린 듯했다. 미경이 언니는 안방에서 텔레비전을 보면서도 멍했고, 밤에 식구들이 모두 방으로 들어가버린 후, 나와 함께 방에 앉아 있을 때도 나와 반대편 벽에 등을 기대고는 멍했다.

그녀도 나도 제각기 다른 벽을 향해 시린 등을 이불로 덮고 잠이 들었다. 그러다가 한번은 내가 그림책을 보고 있는데 물끄러미 나를 바라보는 그녀의 시선이 느껴졌다. 내가 문득 고개를 들자, 그녀는 아주 희미하게 웃었다.

"다섯 살이라구 했제? 니는 꼭 우리 닛째랑 빼닮아부릿어야."

그러고는 금세 그녀의 눈에 눈물이 핑 돌았다.

"내가 업어 키운 안디, 짱이처럼 이뻐. 둘이 세워놓으면 쌍둥이라 하겠구먼."

미경이 언니는 처음으로 환하게 웃었다. 그런 미경이 언니는, 어머니의 말에 따르면, 좀 멍해서 탈이긴 하지만 애가 심성이 곱고 무엇이든 시키면 금방 알아듣는 영특한 소녀였다. 그녀는 봉순이 언니처럼 부뚜막에 지저분하게 밥알들을 흘리지도 않았고, 아침에 먹는 빵을 거부하고 혼자 바가지에 밥을 말아 청승스레 먹지도 않았다.

어머니는 한 달 후 우체국에 다녀와서는, 봐라, 니 집에 니 월급 부쳤다 하고 작은 종이쪽지를 보여주었고, 그러자 그녀는 제 집의 주소가 적힌 그 종이를 무슨 보물이나 되는 양 받아 들고는 그날 밤 저녁 설거지를 끝낸 후, 늦게까지 그것을 들여다보고 또 보다가 연필에 침을 묻혀가며 부모님 전상서라고 시작되는 편지를 쓰고 또 썼다.

그러던 어느 날, 광에 달걀을 꺼내러 갔던 미경이 언니가 지푸라기 꾸러미를 들고 나왔다.

"아줌니, 여기, 달걀 지푸라기인 줄 알고 버릴라고 보니께 뭐가 들었는갑네유……."

풀 먹인 호청을 다듬잇돌 위에 개어놓고 물을 뿌려가며 밟고 있던 어머니가 화들짝 놀래며 마당으로 내려왔다.

"뭔데?"

어머니의 목소리는 벌써 떨리고 있었다. 짚이는 것이 있는 표정이었다.

"반지 같은디…… 보셔유."

어머니는 미경이 언니가 내미는 지푸라기를 덥석 받아 들었다. 그리고 그것을 펴는 어머니의 손길이 떨리고 있었다. 그리고 드디어 신문지에 돌돌 싼 다이아 반지가 나타났다.

"맙소사. 그래, 내가 이걸…… 맞아, 이걸 어떻게 한다……."

어머니의 얼굴 위로 당혹감에 이어 미묘함이 스치고 지나갔다. 잃어버린 물건을 다시 찾아낸 반가움과 자신의 실수를 인정해야 하는 난처함, 사라진 봉순이 언니와 아무것도 모르는 미경이 언니와, 그리고 사실은 이 모든 것을 알고 있는 내가 거기 있었던 것이다. 순간 수돗가에서 손을 씻던 나의 눈이 어머니의 눈과 마주쳤다. 봉순이 언니가 아니었구나, 그건 엄마였구나, 생각하는 순간, 어머니의 날카로운 목소리가 내 귀를 울렸다.

"넌 또 왜 거기서 물장난을 하구 그러니, 그러길?"

어머니는 소리를 지르고 나서 성큼성큼 다가오더니 내가 손을 씻으려고 대야에 담아놓았던 물을 쫘악 마당에 뿌려버렸다.

"넌 맨날 집구석에서 뭐 하구 있는 거니. 다른 애들처럼 나가 놀지두 않구! 나가 놀아! 어여."

"왜 그래! 난 손 씻고 있었는데!"

"애가 웬 말대답이야. 나가 놀아! 어서! 미운 일곱 살이라더니 일곱 살두 안 된 게 요즘 왜 이리 말을 안 들어, 안 듣긴! 내가 그냥, 속상해죽겠어. 죽겠다구!"

어머니는 매운 손으로 내 등을 내리쳤다. 왜 등짝을 맞아야 하는 줄도 모르고 나는 어머니의 손길에 쫓기듯이 집 밖으로 나왔다.

미자 언니는 대청마루에 누워 잠들어 있었다. 아마도 대낮부터 술을 마신 모양이었는지 뺨은 빨갛게 상기되어 있었고 몸을 드러내는 스웨터가 규칙적으로 오르락내리락거렸다.

나는 누워 있는 미자 언니의 곁에서 담배를 한 개비 뽑아 들고는 성냥을 켰다. 미자 언니가 불을 붙여주는 담배를 피워 보았을 뿐, 성냥을 켜본 적이 없어서 불이 잘 붙지 않았다. 몇 번을 그렇게 시도를 하다가 나는 담배를 떨어뜨리고 말았고 떨어진 담배를 주우려다가 그 집 시멘트 바닥에 앉아 훌쩍훌쩍 울었다.

"누구……? 짱이니? 짱아, 너 왜 그러니? 응?"

잠에서 깨어난 미자 언니가 상체를 일으키며 물었다. 나는 여전히 훌쩍훌쩍 울고 있었다. 미자 언니는 내가 떨어뜨린 담배를 주워서, 제 입에 물고 어깨까지 흐트러진 머리를 쓸어 노란 고무줄로 고쳐 묶고 나서 딱하다는 듯 나를 바라보며 중얼거렸다.

"쯧쯧, 짱아 울지 말아, 가엾은 것. 봉순이 그게 미친년이지. 병식이 그 건달 같은 작자를 따라갔다믄 눈에 불을 보듯 뻔한 일이야. 증말루 다이아라두 가지구 갔다므는 다행이겠지만……."

그러자 갑자기 혹시 미자 언니에게는 봉순이 언니가 연락을 했을지도 모른다는 생각이 들었다. 미자 언니네 집에도 전화가 있으니, 만일 연락이 될 수 있다면 말해주어야 하는 것이 아닌가. 반지를 찾았다는 이야기를. 언니가 도둑이 아니라는 이야기를. 하지만 나는 아무 말도 하지 못하고 서 있었다. 미자 언니는 내가 바라보는 빤한 시선을 느끼자 대청에 털썩 주저앉으며 흰 연기를 후후 뿜으며 중얼거렸다.

"어째 그렇게 남자를 모를까, 갸가 말이야. 어째 그렇게 쉽게 마음을 주고 어째 그렇게 쉽게 사람을 믿는지. 봉순이 갸가 말이야, 보니께 지내는 게 쉽지 않은 모냥이던데."

27

어머니는 그날 밤 언니와 오빠를 공부방으로 돌려보내고 아버지와 마주 앉아 있었다. 나는 아버지 무릎에서 까무룩 잠이 들어가고 있었다. 하지만 어머니가 참외를 깎으며 여보 봉순이가, 라고 말을 하는 순간 정신이 번쩍 들었다. 혹시나 엄마가 봉순이 언니를 다시 데려올지도 모른다는 희망이 내 안에서 고개를 들었던 것이다. 이제 다 밝혀졌으니, 모든 것은 오해였고, 실수였고 그랬으니까, 미경이 언니에 의해서 달걀 지푸라기에 싸여 있던 진실이 이제 드러났으니까, 모든 것은 제자리를 찾을 거라고 나는 그 후로도 오랫동안 그랬듯, 또 굳게, 믿고 있었던 것이다.

"그래, 반지가 나왔지 뭐예요."

"그러기에 잘 찾아보고 애를 잡든가 해야지. 그래도 봉순이가 어디 남이야?"

"글쎄, 그것두 그렇지만 그 맹추 같은 것이 지가 잘못이 없으면 없다고 끝까지 그러면 될 걸 가지구 왜 도망을 가난 말이에요 도망을……."

"그래도 결국 당신이 그 애 등을 떠민 거나 마찬가지 아니야? 걔 부모라도 있었으면 나중에 우리가 어떻게 낯을 들 뻔했어?"

어머니는 잠자코 참외를 깎다 말고 힐난하는 아버지를 향해 말했다.

"자꾸 그렇게 말하지 마세요. 또 알아요? 그 맹추 같은 게 훔쳐놓고 겁이 나니까 도로 제자리에 가져다놓고 나갔을지."

아버지가 조금만 예민한 사람이었다면 내 가슴이, 아버지의 무릎 한쪽에 놓인 내 머리가 뜨겁게 달구어지고 있다는 것을 알았으리라. 어머니의 이야기는 내 희망과는 정반대로 나아가고 있었다. 소공자의 할아버지도 오해가 풀리면 소공자의 어머니를 용서했는데, 열두 마리 백조 왕자에서 엘리제의 남편도 오해가 풀리자 엘리제를 처형시키지 않고 함께 행복하게 살았는데 그런데 어머니는 다시 한 번 강조해 말하고 있었다. 봉순이 언니가 그것을 훔쳤을지도 모른다고.

나는 터질 것 같은 가슴을 아버지에게 들켜버릴까 봐 겁이 났다. 아버지가 짱아, 왜 그래 하고 물으면 아마 나는 깨어나 미친 듯이 울어버릴 것만 같았다. 내 내부에 압력을 이기지 못하는 풍선이 하나 있고, 그 풍선이 누군가 건드리기만 하면 터져버릴 것 같았다. 하지만 아버지는 내 머리를 쓰다듬다가 나를 안았고, 건넌방으로 와서 미경이 언니가 잠든 그 옆에 나를 내려놓고 조용히 방문을 닫고 나가버렸다.

아마도 그때 알아야 했으리라. 그때나 지금이나, 그리고 아마도 앞으로도 아주 오래도록, 사람들은 누구나 진실을 알고 싶어 하지 않는다는 것을, 막다른 골목에 몰릴 지경만 아니라면, 어쩌면 있는 그대로의 사실조차도 원하지 않는다는 것을. 사람들은 누구나 자신이 그렇다고 이미 생각해온 것, 혹은 이랬으면 하는 것만을 원한다는 것을. 제가 그런 지도를 가지고 길을 떠났을 때, 길이 이미 다른 방향으로 나 있다면, 아마 길을 제 지도에 그려진 대로 바꾸고 싶어 하면 했지, 실제로 난 길을 따라 지도를 바꾸는 사람은 참으로 귀하다는 것을.

이렇게 글을 쓰며 돌이켜보니 내 어린 시절의 지도에 이미 내 인생이 그려져 있지나 않았나 하는 생각이 든다. 내가 자주 하는 실수와 내가 자주 겪는 슬픔과 내가 머뭇거리다 돌이키지 못한 정황들이, 인생은 이미 그때 내게 나침반을 표시해준 것 같다는 생각이 든다. 그렇게 상징적으로 압축된 상태도 아니었고 암호로 가득 찬 것도 아닌, 그러나 나는 결코 그 암호와 상징들을 돌아보려 하지 않았고, 그것이 다시금 비슷한 형태로 반복되리라는 생각도 하지 않았고, 세월은 한번 가면 그저 다시는 돌아오지 않는다고 막연히 믿었던, 그래서 돌이켜보면 나는 언제나 같은 삶을 같은 항아리 속에서 반복하고 있었던 것은 아닐지.

28

어쨌든 나는 집안 누구에게도 그 일을 말하지 않았다. 봉순이 언니가 돌아온다면 모를까, 그도 아닌 바에야 나도 그 일을 거론하는 것이 아무 소용이 없다는 것쯤은 알고 있었다. 가끔 봉순이 언니를 생각하면 가슴 언저리가 메어지는 것처럼 뻐근했고 얼얼했을 뿐.

그런데 그러던 어느 날, 미경이 언니도 사라져버렸다. 우리 식구들이 아마도 외삼촌네 지프를 타고 세검정 골짜기에 놀러 갔다 오던 어느 일요일이었을 것이다.

이상하다. 빗장이 잠기지 않았네. 대문을 밀며 들어선 어머니가 순간 낯이 변했고, 미경아, 미경아 부르다가 짚이는 것이 있는지 나와 미경이 언니가 쓰던 방으로 들어섰다. 미경이 언니가 언제나 제 물건을 소중히 놓아두었던 죽은 맨드라미색 보따리가 보이지 않았다. 어머니는 우선 경대 쪽으로 뛰어갔다.

경대에 아무렇게나 놓아둔 반지랑, 모조 브로치들은 모두 그대로 있는 모양이었다. 어머니는 이불 켜켜이 넣어둔 반지와 뒤주 속에 감추어둔 목걸이가 그대로 있는 것을 확인하고 부엌으로 나왔다. 은수저들도 수저함 속에 나란히 놓여 있었다.

"참 이상하기도 하네. 손을 탄 것 같지는 않은데. 그럼 얘가 편지 부치러 우체국 간 건가. 아니 대문은 다 열어놓고 이게 무슨 일이야."

배신감과 두려움에 사로잡힌 와중에도 어머니는 집 안의 소중한 물건들, 그러니까 가장 비싼 물건들이 제자리에 있는 것을 보고 안심을 하는 것 같았다. 그리고 그 비싼 물건들에 손을 대지도 않았으니 미경이 언니가 집을 아주 떠난 것은 아니라는 생각이 들었던 모양이었다.

그때 아래채, 언니와 오빠의 공부방 쪽에서 우리 언니의 소리가 들렸다.

"엄마, 큰일 났어! 옷이 없어. 준이 옷도 내 옷도 없어."

어머니가 공부방 쪽으로 뛰어갔다. 오빠와 언니의 옷을 넣어두던, 누런 호마이카 칠한 서랍장에 개어져 있던 옷들이 하나도 보이지 않았다. 내 방 서랍도 텅 비어 있었다. 내 원피스와 타이즈와 구두, 머리 방울까지 모두 사라져버린 것이었다.

"옷 말고 또 뭐 없어진 것 있나 봐라."

우리는 방으로 들어갔다. 사과 모양의 도자기 저금통도 그대로 있었고 책도 제자리에 꽂혀 있었다. 공부방 쪽을 기웃거려보니 그쪽 사정도 마찬가지였다. 저금통도, 둘째 외삼촌이 월남에서 보내준 언니의 소니 카세트라디오도 그대로 있었다. 다만 캐비닛 속에 걸려 있던 우리들의 옷만 없어져버린 것이었다. 그때 우리 언니가 갑자기 비명을 질렀다.

"엄마, 내 교복! 내 교복이 없어졌어!"

"뭐 교복을?"

그나마 다행이다, 싶은 표정을 하고 있던 어머니의 얼굴이 와락 붉어졌다. 어떻게 해서 들어간 일류 여자 중학교인데, 그 교복을 가져가다니 하는 듯한 얼굴, 마치 미경이 언니가 언니의 합격증을, 그래서 그 여학교 출신들이 이미 누리고 있는 언니의 미래를 도둑질해간 듯, 분한 표정이었다.

"기가 막혀서. 아니, 반지랑 은수저랑 다 놔두고 애들 옷만 훔쳐가는 식모 얘기는 듣다듣다 내 또 처음 듣네. 게다가 교복을 훔쳐가다니. 정신이 어떻게 된 게 아니냐. 그나저나 푸닥거리를 하든지 해야지. 내가 요즘 왜 이리 인간 난리를 겪을까."

저녁이 어둑거리며 내리고 있었다. 어머니는 놀란 우리들을 진정시킨 후 일단 밥을 안치고 소금에 절여놓은 꽁치를 석쇠에 얹어 연탄화덕에 구우며 깊은 생각에 잠기는 것 같았다. 꽁치 위에 뿌린 굵은소금이 타닥타닥 타는 소리가 고즈넉하게 울렸다. 언니도 오빠도 나도 갈아입을 옷이 없어서 모두 외출에서 돌아온 차림 그대로 앉아서 시무룩했다. 아버지는 장독대 뒤를 돌며 뻐끔뻐끔 담배연기만 피워 올렸다.

29

"걔가 소개해준 업이 엄마 얼굴을 봐서도 그럴 아이가 아닌데, 여보 어떻게 할까요, 내가 내일 광주에 내려가봐야 할 것 같은데. 비행기 표를 좀 구해줘요."

저녁식사 도중 밥을 거의 뜨지 못하고 있던 어머니가 비장한 목소리로 아버지에게 말했다.

"업이 엄마가 미안해서 제 돈으로 나랑 같이 가겠다고 하니까 당신은 표만 구해줘요."

"글쎄, 혹시 모르니까 며칠 기다려보면 어떨까. 업이 엄마가 연락해볼 수도 있는 거고. 또 그 아이가 꼭 제 집으로 갔다는 보장도 없고."

"아니요, 짚이는 게 있어요. 이런 일일수록 시간을 끌면 안되는 거고. 어쨌든 일단 집에 가서 부모를 족치든지 해야 할 거 아니에요."

밤이 새도록 잠을 이루지 못한 사람은 어머니뿐만은 아니었다. 난데없이 교복을 도난당한 언니, 그리고 나도 잠을 이루지 못했다. 사람하고 도둑하고 참 똑같이 생겼다는 생각을 했던 것이다. 그러자 나는 사람들이 무서웠다. 어머니의 말대로 낯선 사람들이 다가와 아무리 친절하게 해도 절대 따라가거나 웃거나 믿어서는 안 될 것 같았다. 미경이 언니의 검고 큰 눈동자 어디에 남의 물건들을 그리 쉽게 집어가버릴 뻔뻔함이 있었는지.

다음 날 어머니는 업이 엄마와 함께 광주로 떠났다가 그다음 날 사라진 우리들의 옷을 커다란 보따리에 싸가지고 다시 돌아왔다.

30

"참 우습다구 해야 할지 기가 맥히다구 해야 할지."

돌아온 어머니는 감을 깎으며 TV를 보는 아버지에게 이야기를 시작했다.

"글쎄, 업이 엄마두 가본 지가 하두 오래돼놔서 여긴가 저긴가 하구, 둘이서 주소도 없는 광주 그 산동네를 헤매는데, 글쎄 우리 애들 옷이 빨랫줄에서 펄럭이는 게 보이잖아요. 고 계집애가 옷을 가지구 도망쳐서는 벌써 지네 동생들 입히려고 빨아서 널어놓은 거라. 그래, 고생도 안 하고 집을 금방 찾았지."

"그래? 미경이도 거기 있구?"

"있지. 그럼 지가 어디 가요? 내가 문으로 떠억 들어가니까, 고 계집애가 시래기를 말리고 있다가 얼굴이 하애져갖구는 도 망을 치는 거야. 잡아서 경을 치려다가 좀 참기로 하구, 동생들 한테 물어보니깐드루 지 아부지 어머니가 역전 앞에 일 나갔 다길래, 업이 엄마랑 둘이서 기다렸지 뭐. 세상에 코딱지만 한 집에 한 예닐곱 가구는 살까. 지붕은 허리를 반은 굽혀야 들어 갈 수가 있구, 그런 집 단칸방에 애 일곱하구 두 양주가 살고 있더라구요. 부모라구 이제 우리 나이보다 좀 젊을까…… 왜, 우리 저 윗동네 살 때 그 방의 한 반만 한 방에 말이에요."

"그럼 부모도 만나봤겠군. 뭐라고 그래?"

"뭐라기는? 미경이 말이 주인아주머니가 못 입는 옷이라구 줬다 해서 자기네는 그런 줄 알았다 하지. 말도 안 되는 소리, 보면 모르나? 세상에 어떤 주인이 식모한테 새 옷 주어 보내 겠어? 더구나 애 입는 교복까지 말이야. 업이 엄마가 말두 안 되는 소리 말라구 나보다 더 펄펄 뛰구, 그래두 사람들이 무표 정이야, 무표정, 지 딸년이 도둑질을 해서 잡으러 왔는데 말이 에요. 나 참 이해가 안 돼, 아무리 가난하고 막돼먹은 사람들 이라고 하지만……."

"그래 영아 교복은 왜 가져갔대?"

"몰라요, 내가 왜 그랬냐니까, 미경이 고것이 고개를 숙이고 금방 뚝뚝 웁디다. 바보 같은 것이 교복만 입으면 중핵교 가는 줄 알았는가 봐요. 그래, 나오려는데 참 그 부모란 사람들은 미경이를 도로 데려가라는 거예요. 기가 막혀서. 하기는 내가 다른 집보다 월급두 많이 주고, 그것도 제 날짜에 꼭꼭 집으로 부쳤는데…… 뻔뻔해서 말이 안 나오더라니깐요. 내가 한마디 해주려다가 업이 엄마 면도 있고 그래서 참았지."

"모르니까 그랬겠지. 더구나 시골 사람들이니 그럴 수도 있잖아."

"그렇긴 뭘 그래요? 그래도 거기 광주도 대처고 사람 사는 일이사 다 같은 거지. 뻔뻔해서 참…… 내가 그 부모들 뻔뻔하구 미경이년 괘씸해서 그냥 올려다가 그 밑에 어린것들이 얼마나 안됐는지, 막내로 본 아들인지 그 핏덩이는 기저귀가 없어서 낡은 솜바지를 이리 돌리고 저리 돌려서 똥오줌을 받아내고 있습디다. 그 좁은 방에 애 오줌 내는 진동을 하고…… 동생들이라고 입성 변변한 놈이 단 하나도 없고. 그래, 니들이 무슨 죄겠니 싶어서 좀 낡다 싶은 옷은 떨어뜨려놓구 왔긴 왔어요."

"잘했네."

어머니와 아버지는 더는 말하지 않았다.

31

　아직까지도 나는 그때의 이야기를 기억한다. 흥분한 어머니의 설명이 어찌나 사실적이었던지, 한 번도 가본 적이 없는 도시였지만 지금도 그때 상상했던 광주의 산동네 전경과 그 조그만 판잣집 위, 상자보다 조금 넓은 장독대 위 옥상에서 우리 형제들의 옷들이 펄럭이는 게 마치 그때 내가 그곳에 다녀오기라도 한 듯 선명하니까.

　아무튼 그때, 우리에게 아무 쓸모도 없는 다이아 반지가 아니라 우리들의 옷이 직접적으로 피해를 입었다는 점에서 우리 형제들의 가슴은 놀라 뛰었지만 그렇지만 이상하게도 어머니의 이야기를 다 듣고 난 후, 나는 미경이 언니의 심경을 언뜻 이해할 것도 같았다. 넌 우리 넷째랑 닮았다며 처음으로 내 앞에서 환하게 웃던 그 모습. 왜 그 귀한 반지랑 은수저랑 다 놓아두고 우리 형제들의 옷을, 그것도 내 머리 방울까지 훔쳐갔는지. 우리들을 바라볼 때마다 그녀의 가슴에 헐벗은 동생들의 상이 아프게 맺혔으리라.

그리고 한 달쯤 후였던가 미경 언니는 우리 집에 전화를 했다. 어머니의 말에 따르면 전화를 해서 울더라고, 잘못했다고 한 번만 다시 받아주시면 이 은혜 잊지 않겠다고 말했다 한다. 지금 공장에 있는데, 방직공장에 있는데 너무 힘이 들어서 다시 우리 집으로 돌아오고 싶다고 말했다고.

"어떻게 그렇게 가놓고는 온다는 말이 나오니? 나오길……."

어머니는 그렇게 대꾸하면서 전화를 끊었지만 마음은 좋지 않은 것 같았다.

"그래, 그것이 세상 물정 모르니까 그랬지. 공장이라는 데가 거기가 애들 잡는 데지. 좀 치사하긴 해도, 여기서 따순 밥 먹고 있다가 시집가는 게 낫지."

미경이 언니에 대한 이런 복잡하고 묘한 감정은 세상의 많은 덕목 중에서 특별히 신의를 중요하게 여기던 어머니 아버지도 마찬가지였는지, 그 후 미경이 언니가 몇 군데 공장을 전

전하다가 가발 공장에 취직해서, 신문지에 싼 돼지고기 반 근을 들고 다시 찾아왔을 때도 반겨 맞았고, 우리 형제들이 입다가 작아진 옷들을 모아 고향에 내려가는 편에 주어 보내곤했다. 그리고 그 후에도 미경이 언니는 가끔 집에 내려가지 못하는 명절에 종합과자 선물세트를 들고 우리 집에 찾아왔고, 어머니 아버지는 그녀가 시집을 갈 때 결혼식에 가서 부조도 냈다고 했다.

32

어쨌든 그해 가을이 그렇게 부산스레 가고 어머니는 구해야
지, 구해야지 하면서도 쉽게 일할 사람을 구하지 못하고 있었
다. 남들은 잘도 사람을 구해서 시집도 보내주고 하는데 이젠
아이 쓰기가 무섭구나, 어머니는 걸레로 툇마루를 훔치며 그
렇게 중얼거리기도 했다. 덕분에 나는 오랜만에 어머니와 많
은 시간을 보내게 되었다. 햇살이 따사로운 날이면 툇마루에
앉아 어머니가 종이에 가사를 적어준 노래를 따라 흥얼거리
며 배우던 기억, 옛날에 금잔디 동산에, 매기, 같이 앉아서 놀
던 곳…… 어린 마음에도 내게 노래 한 소절씩을 가르쳐주는

어머니는 아름다워 보였다. 그럴 때 어머니는 세 아이를 가진 삼십 대의 여인이 아니라, 어머니가 지닌 낡은 사진첩 속에 붙박여 있던 뭐랄까 흰 모슬린 원피스를 입은 소녀같이 보였다.

그러다가 가끔은 아현시장에 따라가 시장 입구에서 파는 찐빵을 얻어먹기도 하고, 닭 집에 가서 비닐 고무 앞치마를 두른 주인이 무표정한 얼굴로 닭 목 한가운데에 길고 날카로운 칼을 쑤욱 집어넣고 죽이는 모습을 팥 아이스케키를 먹으며 물끄러미 바라보기도 했다. 그 닭 비린내, 요란하게 푸드덕거리던 닭이 조용해지면 그는 닭을 꺼내 끓는 물에 집어넣었다가 꺼내 탈수기처럼 생긴 통에 넣어 닭털을 뽑곤 했다.

그 곁엔 개고기를 파는 아낙들도 있었다. 커다란 고무 함지를 반쯤 덮은 곳에 있던 그 검붉은 개고기. 그때는 냉장고가 있는 정육점이 별로 없어서, 껍질이 벗겨진 개의 머리가 댕강 커다란 입을 벌린 채 길가를 향해 드러나 있기도 했다. 때로는 벌린 개의 입에 작고 하얀 뾰족한 이빨들이 남아 있기도 했다. 숭하구나. 독실한 불교신자였던 어머니는 그 앞을 지나칠 때면 언제나 고개를 돌렸지만 나는 그 시뻘건 개고기를 외면하지는 않았다. 내가 먹는다는 생각을 하지 못했으니. 그건 음식이라기보다 악마의 제단에 놓인 제물 같아 보였으므로 숭할 이유가 없었던 것이다. 어쨌든 그날 그 개고기 좌판이 그토록

인상적이었던 것은 나중에 그것이 봉순이 언니와 관련이 있게
되었기 때문일까, 아무튼 그날 봉순이 언니가 돌아온다.

33

우리가 장에 다녀왔을 때 봉순이 언니는 엷은 늦가을 햇살
이 비치는 문간방 툇마루에 앉아 있었다. 그녀는 엉성하고 커
다란 월남치마를 입고 낡은 스웨터를 입고 있었다. 그 스웨터
의 단추는 몇 개가 뜯겨나가 있는 채였다. 그녀의 곁에는 집을
나갈 때 가지고 나갔던 진갈색 비닐 가방이 놓여 있었다. 아마
도 우리가 장에 간 사이 집을 보아달라고 부탁했던 이웃집 할
머니는 봉순이 언니가 들어서는 것을 보고 집으로 돌아간 모
양이었다. 언니는 우리가 들어서는 것을 보자 얼른 툇마루에
서 일어나 고개를 푹 숙여버렸다. 놀라기는 어머니나 나나 그

도 아니면 봉순이 언니 쪽이나 다 마찬가지였다.

잠시 침묵이 계속되었다. 나의 신경은 어머니에게 쏠려 있었다. 어쨌든 칼자루를 쥔 사람은 어머니였으니까. 하지만 내가 어머니 쪽을 주시했던 것은 아마도 사실은, 봉순이 언니의 얼굴을 차마 정면에서 바라볼 수 없었기 때문이었다. 그토록 오랫동안 그리던 그 얼굴이었건만 나는 무안하기도 하고 울고 싶기도 하고 이 자리에서 그만 도망쳐버리고 싶은 뒤죽박죽인 기분이었다. 하지만 어쨌든 이 이상한 재회 장면에서 가장 중요한 어머니를 주시하고 있었다고는 해도 내 촉각은 온통 봉순이 언니를 향해 쏠려 있는 것이야 어쩔 수 없었다. 차마 고개를 들어 내 쪽에서 그녀의 얼굴을 잘 볼 수는 없었지만 느낌은 있었다. 뭐랄까, 그녀는 바람 든 무처럼 공허하고 부어 보였다

"짱아, 가서 대문 닫아걸어라!"

기가 막히다는 듯 잠시 말을 못하고 있던 어머니는 뜻밖에도 냉정한 목소리로 이렇게 말하고는 안방으로 들어가버렸다. 문을 걸라는 소리로 보아서 어머니가 봉순이 언니를 내쫓는 일이 일어나지 않을 것은 분명했다. 평소에는 그렇지 않지만 한번 틀어진 사람과는 다시는 보지 않는 어머니의 성격을 잘 아는 그녀와 나는 잠시 멍했다. 마당에는 그녀와 나 둘만이

남아 있었다. 글쎄, 그런 일이 지금 일어난대도 내가 자연스러울 수 있을까. 한 다섯 달쯤의 짧은 별리였지만 나는 내가 그녀 앞에서 어떻게 해야 하는지 이제는 알 수 없었다.

굳은 듯 서 있는 나의 눈이 하는 수 없이 봉순이 언니의 그것과 마주쳤다. 그러고 보니 봉순이 언니의 눈가에는 푸르스름한 멍 자국이 있었고, 입술 위쪽이 터져 있어서 가뜩이나 두툼한 입술이 더 두터워 보였다. 어떻게 넘어졌길래 얼굴이 저렇게 되었을까 생각하고 있는데, 그렇게 둘의 눈이 마주친 그때, 뜻밖에도 봉순이 언니는 빨간 잇몸을 드러내며 씨익 웃었다. 어린 마음에도 기가 막히다는 생각이 들었던 것이 기억난다. 어떻게 언니는 웃을 수가 있는 거야 싶은 생각. 하지만 생각해보면 그럴 수 있으니까 봉순이 언니였다. 어색한 기분에 그녀를 따라 웃어주려고 했지만 그럴 수가 없었다. 봉순이 언니는 태연한 표정으로 어머니가 사온 김칫거리들을 장바구니에서 꺼내더니 부엌으로 가져가 다듬기 시작했다. 마치 그제쯤 여행을 떠났다가 방금 돌아온 사람 같았다. 아니, 이제껏 내내 이 집에서 산 사람이래도 그렇게 태연할 수는 없으리라.

부엌에서 나는 물소리가 들릴 법도 한데 어머니는 방문을 굳게 닫은 채 말이 없었다. 나는 봉순이 언니가 김칫거리들을 절이는 동안 툇마루에 멍하니 앉아 있었다. 추석이 지나고 바람이 차가워질 무렵 우리 집을 떠난 제비의 빈집이 한옥의 처마 밑에 조그맣게 남아 있었다. 지난여름 내내 그곳에서 달걀 노른자위처럼 말간 입술을 한 어린 제비들이 울던 조그만 제비집. 그리고 가을이 되었을 때 새끼들은 젊은 날개를 제 어미보다 활기차게 휘저으며 이곳을 떠났다. 한번 비워진 마음…… 내년 봄 저 제비들이 다시 돌아올 때까지, 내 마음은, 봉순이 언니에 대한 내 마음은 다시금 아무렇지 않아질 수 있을까.

그날 오후 언니와 오빠가 학교에서 돌아와, 어어, 얼라리 하고 놀라운 탄성을 질렀지만, 봉순이 언니는 또 내게 그랬듯이 잇몸을 드러내며 씩 웃었을 뿐이었다. 우리 식구들은 마치 나도 모르게 모두 그러기로 약속한 것처럼 아무 말도 하지 않았다. 나이를 먹는다는 것은 이토록 어색한 순간에도 아무렇지도 않을 수 있는 것을 말하는 것일까. 나는 다른 식구들의 반응이 놀라웠다.

34

밤이 되자 어머니가 우리 방으로 건너오셨다. 창호지 바른
문을 조용히 닫는 어머니의 얼굴은 아주 굳어 있었다. 그 서
슬 때문이었는지 벌써 갈라진 손등에 글리세린을 바르던 봉
순이 언니의 손이 잠시 멈추어 섰다. 어머니는 잠시 방 안에
서 있다가 봉순이 언니 앞에 한 무릎을 세우고 앉았다. 이마
에 짚은 한 손이 어머니의 눈을 가리고 있었지만 어머니가 많
은 생각 끝에 이 방으로 들어왔다는 것만은 알 수 있었다.

"방은 따뜻하니?"

그 말을 물어보기 위해 온 것 같지는 않았지만 어머니는 봉

순이 언니의 요 밑에 손을 넣으며 물었다.

"예."

어머니는 잠시 봉순이 언니를 바라보았다. 누구나 정면에서 상대방의 얼굴을 지긋한 눈길로 바라본다면 그렇겠지만 상황이 상황이니만큼 봉순이 언니는 어색했을 것이다. 그녀는 멈추었던 손을 천천히 놀리며 손등에 글리세린을 다시 바르기 시작했다.

"봉순아 너, 지금부터 내가 하는 말 잘 들어라. 만에 하나 내가 묻는 말에 네가 거짓말을 하면 그때는 나도 널 어떻게 해줄 수가 없는 거다. 알겠니?"

어머니의 말은 추상적이었지만 아주 단호했고 엄숙했다.

"알았어?"

"예……."

이제 본격적으로 말을 꺼내려다가 어머니의 눈길이 나를 스쳐 지나갔다. 나는 이부자리 위에 엎드려 두 다리를 덜렁거리며 책을 읽고 있었다. 모르는 척하고 있었지만 나는 느끼고 있었다. 나를 스쳐가는 어머니의 눈길 속에, 아이가 있는 데서 이런 말을 해도 되나 어쩌나 하는 갈등이 스쳐 지나가고 있다는 것을. 하지만 어머니는 예전처럼 설마, 저 어린아이가 하는 표정을 지었고 그래서 이제 방 안에 있는 나를 무시하기로 마음을 먹은 것 같았다.

"몇 달째냐?"

어머니는 다짜고짜 물었다. 봉순이 언니는 고개를 숙인 채 글리세린 기름이 다 묻은 손등만 문지르고 문질렀다.

"몇 달째냐고 내가 묻잖니?"

어머니가 봉순이 언니 쪽으로 바싹 다가앉으며 말했다.

"뭘유?"

봉순이 언니는 태연한 목소리로 대꾸했다. 하지만 손등을 문지르는 그녀의 손길이 무안수세를 하느라 더 빨라지고 있었다.

"내가 무슨 소릴 하는지 정말 몰라서 묻는 거니?"

"글쎄 뭘 갖구 그러시는지 지는 모르것어유. 지가 집 나간 거라믄 그러니께 오늘이 다섯 달쩬데……."

그때 어머니의 손길이 숙인 봉순이 언니의 머리를 후려쳤다. 갑작스러운 일이었다. 어깨까지 아무렇게나 자란 봉순이 언니의 머리카락이 얼굴 앞으로 흩어졌다. 글리세린 묻은 손등을 문지르던 봉순이 언니의 손길이 아주 멎어버렸다. 어머니가 봉순이 언니를, 그것도 내 앞에서 때린 일은 처음이었다. 나는 그림책을 붙든 채로 그 자리에 굳어져버렸다. 덜렁거리던 다리도 허공에 매달린 듯 멈추어 섰다. 봉순이 언니도 때린 어머니의 얼굴도 마분지처럼 딱딱하게 굳어 있었다.

"철이 없어도 유분수지! 너 대체 왜 이러니 봉순아. 어쩌다가 이렇게까지 되었어? 니가 나한테 솔직히 이야기를 해야 내가 널 도와줘도 도와주지, 이 맹추 같은 것아! 너 정말 그렇게 밥통이니? 엉? 나한테까지 니가 이럴 거였으면 우리 집엔 도로 왜 왔니? 왜 왔어? 내가 지난번부터 그렇게, 그것만은 지켜야 된다고 타일렀는데, 근데 이 꼴로 돌아와서 뭐 왜 그러셔? 너 이 꼴을 하고 아무도 모를 줄 알고 동네를 걸어온 거니? 대체, 니가 정신이 있는 애니, 없는 애니? 쓰레기통에 머리만 박는 꿩 새끼도 아니구, 응?"

어머니의 언성이 점점 더 높아지다가 이제 울먹이고 있었다. 엄마가 왜 저럴까. 다이아 반지라면 이제 다 밝혀진 일인데 싶었지만, 그랬지만, 어머니가 다그치고 있는 봉순이 언니의 몸이 유난히 불어 있었다는 게 짚였다. 아까 저녁을 먹으면서 영아 언니가, 봉순이 언니 왜 이렇게 살쪘어라고 말했을 때 어머니가 왜 그렇게 당황했는지, 나는 이제 알게 되었던 것이다.

엄마 아빠 사이가 되지 않아도 아이를 가질 수 있다는 것, 그것이 나비가 꽃씨를 옮기는 일이 아니듯, 사람은 그렇게 꽃처럼 아름답게 뿌려지는 존재만은 아니라는 것, 그리고 그 아이를 뱃속에 있을 때 죽일 수도 있다는 것, 내가 보았던 주간지와 여성지의 '감동수기'들은 그렇게 아이를 가졌고, 그래서 아이를 죽였던 여자들의 눈물로 넘치고 있었던 것이다. 나는 이해했다. 봉순이 언니는 아마 영화 〈미워도 다시 한 번〉의 문희 같은 처지가 되었는가 보았다. 다만, 봉순이 언니는 문희처럼 예쁘고 유명하지 않았고, 병식이라는 총각은 신영균처럼 듬직하지 않았을 뿐.

어머니의 시선이 다시 한 번 내게로 다가와 머무르는 것이 귓바퀴로 느껴졌다. 나는 고개를 거의 그림책에 박은 채였다. '감동수기'도 아닌 그림책의 공주들 왕자들, 그리고 왕관을 쓴 흉흉한 새어미들. 드레스와 꽃다발과 오색영롱한 왕관들. 그림책에 얼굴을 박고 있었지만 나는 여기 아닌 '저기'의 일에는 사실은 관심이 없었다. 심심한 오후나 저녁 내내 끈질기게 책을 붙들고 있었고 그 아름다운 내용에 가끔 눈물을 글썽이기도 했지만, 가끔 보라색이나 연초록색 보자기를 머리 뒤로 둘러쓴 채, 그것을 금발이라 치고, 혼자 거울을 보며 공주놀이를 하기도 했지만 나는 알고 있었다. 내가 사는 이 세상에 공주는 없다는 걸, 설사 있다 해도 그건 나와는 아무 상관이 없으며, 그러니까 다 부질없는 일이라는 걸, 밀밭을 닮은 금빛 머리칼도, 눈처럼 흰 피부를 가진 소녀도, 심연처럼 푸른 눈동자와 높고 커다란 성에 사는 신비의 마왕과……. 대체 그들이 나와 무슨 상관이란 말일까. 나는 언제나 내 주위의 사람들에게 가장 많은 흥미를 느꼈고 그들은 누구며, 그래서 대체 나는 무엇인지 그것이 알고 싶었다. 그때 내 주위에는 언니들이 있었다. 봉순이 언니와 미자 언니와 미경이 언니와 그리고 병식이 총각과…… . 어머니는 언성을 다시 낮추고 한숨을 크게 내쉬었다.

"얼마나 많이 맞은 거냐?"

어머니가 봉순이 언니의 팔목을 잡고 잿빛 내복 소매를 걷어 올렸다. 그제야 나도 고개를 들고 어머니를 따라 봉순이 언니의 팔을 훔쳐보았다.

멍 자국들, 옹이처럼 패어 있는 검누른 자국. 그것이 불량한 인간들이 봉순이 언니의 팔목에 담뱃불을 지진 거라는 걸 아주 나중에야 알게 되었지만, 그때 나는 보았다. 봉순이 언니의 팔목을 들여다보던 어머니의 자세가 아주 짧은 순간이었지만 균형을 잃고 휘청거리는 것을.

"이 미친 것아, 이것아…… 이 미친 것."

어머니는 목이 메인 소리를 지르며 봉순이 언니의 머리를 몇 대 더 후려쳤다. 봉순이 언니의 고개는 진자주색 공단 이불 위에 붙박여 들어지지 않았다. 언니의 숙인 고개 아래서 기계수의 목단꽃들이 화사했다.

"봉순아, 앞으로 이 아줌마가 하자는 대로 하겠니?"

"……."

"내일 나랑 병원에 가자. 내가 보니까 지금 칠 개월이냐 팔 개월이냐. 휴우, 너무 늦어서 받아줄 데가 있는지 모르겠지만…… 알았지?"

"……."

"그래, 오늘은 그래, 자거라."

어머니는 긴 한숨을 쉬며 방문을 닫고 나가버렸다. 봉순이 언니는 그 자리에 붙박인 듯 앉아 있었다. 나는 그제야 허공에 붙박여 있던 종아리를 거두어 살그머니 내 이불 속으로 들어가 누웠다. 봉순이 언니는 어머니가 나간 후에도 한참이나 그렇게 고개를 숙인 자세로 앉아 있었다. 나는 그런 그녀에게 차마 예전처럼 같이 눕자고, 누워서 장난도 치고 옛날이야기도 해주고, 그래도 잠이 안 오면 광으로 나가서 고구마라도 가져와서 깎아달라고 떼를 쓸 수 없었다. 끝이 버선코처럼 올라간 맵시 있는 무쇠 칼로 고구마를 솜씨 좋게 깎던 그녀. 봉순이 언니는 잠시 후 불을 껐고, 그리고 내 곁에 누웠다.

35

봉순이 언니가 이렇게 내 옆자리에 누워주기를 바랐던 날
들이 있었다. 언니가 떠난 후 꿈속에서, 가끔 언니가 아무렇
지도 않게 내 옆자리에 누우면서, 쩡이 자니? 하고 물으면 그
꿈속에서 나는 일어나 말했다. 어머, 언니 여기 있었구나, 난
언니가 날 두고 도망쳐버린 줄 알았지. 이제 아무 데도 가지
마, 정말. 꿈에서 깨면 곁엔 아무도 없었다. 얼른, 꿈이 다 깨
기 전에 얼른, 마치 몸을 많이 움직이면 뚜껑을 열어버린 솥
에서처럼 그 꿈이 휘휘 수증기 되어 증발이라도 할까 봐 나는
될 수 있는 대로 뒤척임을 자제하면서 가만히 다시 눈을 감

곤 했다. 행여나 꿈의 타래가 헝클어질까 조심조심. 하지만 그 꿈속에서 다시 봉순이 언니는 오지 않고 눈을 뜨면 희뿌연 아침이었다.

그런데 이제 언니가 돌아왔지만 나는 뭐랄까, 굵은소금밭에 누워 있는 것처럼 온몸이 쓰리고 불편했다. 돌이킬 수 없다는 것을 인정해야 했던 것이다. 시간이 한번 흐르고 나면 누구도 예전으로, 마치 아무 일도 없던 것처럼 예전으로 태연히 돌아갈 수 없는 것이다. 아까 낮에 그랬던 것처럼 봉순이 언니가 아무리 빨간 잇몸을 드러내며 씨익씨익 예선의 웃음을 열 번 웃어도 나는 이제 그녀의 웃음에 예전의 웃음으로 대꾸해줄 수 없었다. 바로 그 사실이 내 몸뚱이를 쓰리게 했다.

36

　다음 날 아침, 아버지가 출근하고 언니와 오빠도 학교로 간
후 어머니는 여기저기 심란한 표정으로 전화를 하고 있었다.
그동안 봉순이 언니는 설거지를 끝내고 부뚜막에 앉아 누룽
지 끓인 것을 퍼서 먹고 있었다. 잠시 후, 어머니가 방문을 열
고 나오는 기척이 들렸다. 봉순이 언니는 화들짝 놀라며 일어
섰다. 손에는 눌은밥이 든 양푼을 여전히 든 채였다.

　"준비 다 됐으면 가자."

　봉순이 언니는 대답 대신 입술을 물고 눈길을 돌렸다. 어머
니가 구두를 신고 부엌 앞으로 와서 섰다.

"어서 가자니까."

"아줌니, 저, 지는, 못 가겠어요."

"얘가 왜 이러는 거니? 아침에는 니 입으로 그러겠다고 했잖아? 그래서 내가 기껏 병원 다 알아봐놓았더니 얘가 이게 무슨 소리야? 응?"

"안 되겠어요. 아줌니. 지는 그렇게는 못하겠어요."

"그럼? 너 아저씨 출근하시기 직전에 아줌마 하라는 대로 다 한다는 거 그건 무슨 소리였니?"

"그땐 그랬는데, 그건 그거고, 그러니까 못해요."

봉순이 언니가 바가지를 엎어놓은 듯한 배를 한 손으로 잡으며 말했다. 무언가 말을 하려다 말고 어머니가 입을 다물었다. 그리고 잠시 후 어머니는 한숨 쉬듯 긴 호흡으로 중얼거렸다.

"그래, 못하겠지. 아무리 뱃속에 있다지만 저렇게 다 큰 걸, 그래, 덥석 그러자고 나서면 그것도 사람이 할 일이 아니지. 그런데 말이다 봉순아, 그런데 못하겠으믄 어쩌겠다는 거니? 난 너 못 받아준다. 내가 너 다른 꼴은 다 봐도 그건 못 받아줘."

어머니는 낮고 강하게 말했다. 봉순이 언니는 눌은밥이 든 양푼에 시선을 박은 채 아무 말도 하지 않았다.

"가자."

어머니가 앞장을 서는 시늉을 했지만 봉순이 언니는 꿈쩍도 하지 않았다. 어머니가 몇 발자국 떼려다가 다시 부엌으로 돌아왔다.

"설마. 너 혹시 아직도 그 건달 놈한테 미련이 남은 건 아니겠지?"

"……."

"아니겠지? 봉순아, 그 인간은 사람이 아니야. 어떻게 멀쩡한 처녀를 이렇게 만들어놓고."

어머니는 말문이 막힌 듯 고개를 외면해버렸다.

"그건 아니에요, 아니라구요."

순간 봉순이 언니의 고개가 푹 수그러졌고, 이어 그녀의 어깨가 들먹이기 시작했다. 그녀는 울기 시작했던 것이다.

"봉순아. 아줌마 말 잘 들어라. 니가 지금 무슨 생각을 하는지 내 알지. 내가 왜 모르겠니? 그래, 뱃속의 생명한테 무슨 잘못이 있겠니? 그런데 안 돼. 니 나이가 지금 몇이냐? 앞으로 살 날이 얼마나 많이 남았니? 이번 한 번만 아줌마 말 듣자. 애 지우고 얼마든지 새 출발 할 수 있어. 이 세상에 좋은 남자도 많아. 너 귀여워해줄 그런 남자, 그런 남자하고 애 낳고 그러고 사는 거야."

"……."

"너, 애 낳아서 또 꼭 니 꼴로 키울래?"

어머니가 마지막 말을 했을 때 흐느끼던 봉순이 언니의 고개가 잠시 멈칫했다. 언니가 그것을 얼마나 두려워하고 있는지 알고 있었던 어머니는 부엌으로 들어가 봉순이 언니의 팔을 잡아끌었다.

"그러니 가자, 봉순아, 제발 속 좀 고만 썩여라. 내가 안 된다는 걸 사정사정해서 좋은 병원에 미리 연락해놨다. 가자."

"싫어요! 그건 못해요! 그것만은 아줌니 제발 그것만은!"

어머니에게 몰린 듯 소극적으로 거부하던 언니는 막상 어머니가 팔을 잡아끌자 갑자기 울부짖기 시작했다. 눌은밥을 담았던 그릇이 엎어져 나뒹굴고 어머니의 안색이 하얗게 변했다. 어머니는 돌연한 봉순이 언니의 반응에 멍해져 있는 것 같았다.

"싫어요! 싫어요! 놔! 놓으란 말이야."

꽃밭에서 아무것도 모르는 척 담을 따라 시든 나팔꽃의 꽃씨를 받던 나는 그만 더 참을 수가 없어졌다. 하지만 이 상황에서, 사실은 내가 운다 해도 아무도 나를 눈여겨보지 않겠지만, 나는 큰 소리로 울어서는 안 된다고 느끼고 있었다. 나는 봉순이 언니가 어머니에게 행하는 집요한 저항의 몸짓을 뒤통수로 느끼면서 까만 씨를 받아내 원피스의 앞주머니에 넣었다. 통통하던 나팔꽃 이파리와 꽃잎들은 이제 말라버렸다.

하지만 이 눈동자처럼 검은 씨앗이 내년 봄에는 다시 담장 따라 피어나리라. 아침마다 이슬을 머금은 그 황홀한 보랏빛. 열세 개, 열네 개, 열다섯 개……. 봉순이 언니의 울부짖는 소리, 나팔꽃 씨를 세는 내 눈에서 하지만 자꾸 눈물이 솟고 있었다. 나는 흰 블록 담을 따라 내 몸을 더 작게 붙였다.

"안 가요! 안 간다니까."

"글쎄 갑자기 또 웬 고집이니? 아침까지는 그러겠다고 하더니. 이것아, 동네 창피한 줄 알아야지, 뭘 잘했다구 니가 소리를 지르는 거야, 지르길!"

봉순이 언니의 뜻밖의 반응에 멍해 있다가 이제 정신이 좀 들겠다는 듯한 어머니의 고함 소리. 나는 꽃밭에 서서 계속 울었다. 봉순이 언니가 하지 않으려 하고 어머니가 하게 하려는 그것이 구체적으로 무엇을 뜻하는 상황인지 알 수 없었지만, 하지만 어렴풋한 느낌은 있었고, 설사 그것이 어떤 상황이 되었든 내게는 중요하지 않았을 것이다. 그 승강이를 들으며 아마 산다는 게, 아마도 힘겹고 슬프고, 등불 하나 없이, 춥고 깜깜한 진창길을 걸어가는 일 같다는 걸, 누구나 헨젤과 그레텔보다 험하고 처량하게 숲 속을 헤매야 하는 것이 아닐까, 아마도 그것을 나는 봉순이 언니의 울음소리를 통해 듣고 있었는지도 모른다. 사람으로 태어난 자들, 그 인생의 춥고 낮은 배경음을.

나는 다른 생각을 하려고 애썼다. 내가 왜 그렇게 울고 있는 줄 잘 모르겠으면서 자꾸 흘러내리는 눈물을 주체할 수 없었다. 나는 동화책 생각을 했다. 헨젤과 그레텔은 뭐하러 집으로 돌아왔을까, 마녀를 죽이고 빼앗은 보물을 가지고 숲속에서 그냥 오순도순 살지. 뭐하러 그 악독한 새어미와 줏대 없는 아비가 사는 집으로 돌아왔을까. 하지만 지금 생각해도 신기한 것은 그렇게 울부짖으면서도, 어머니보다 더 살이 찌고 힘이 센 봉순이 언니는 어머니에게 끌려가고 있었다. 그리고 두 사람은 대문가에 당도했다. 어머니가 대문가에 봉순이 언니를 세워놓았고 이어서 이마의 땀을 닦으며 말했다.

"그래, 내가 너 여기까지는 끌고 왔다만, 나도 더는 못하겠다. 어떻게 할래? 갈래 말래? 간다면 모든 걸 책임져주겠지만 가지 않겠다면 좋다! 다 네 마음대로 하거라. 대신 나와는 이제 끝이고, 그리고 당장 우리 집에서 나가거라. 자 어서 말해라. 가겠니? 말겠니?"

어머니는 단호했다. 이제 대문을 밀고 골목으로 나가면 마주치게 될 동네 사람들의 이목도 생각해야 했을 것이다. 싫다고 몸부림치며 어머니에게 거의 끌려 나가던 봉순이 언니의 고개가 푹 수그려졌다.

"어서 말을 하라니까! 정 싫다면 여기서 관두자. 자 어서 말을 하라니까."

순간 봉순이 언니는 얼굴을 실룩거리더니 그 자리에 주저앉아 마치 서너 살배기처럼 다리를 쭉 뻗고는 울기 시작했다. 화단에 서서 꽃씨를 받고 있던 나도 그렇게 울고 싶었다. 하지만 봉순이 언니의 울음은 그칠 것 같지 않았고 어머니는 대문의 빗장에 한 팔을 기대고 깊이깊이 한숨을 몰아쉬었다.

37

결국 어머니와 함께 한나절 집을 비웠던 봉순이 언니는 돌아와 자리에 누웠다. 그리고 어머니 역시 해쓱해진 얼굴로 부엌에서 미역국을 끓이고 있었다. 저녁상에서 봉순이가 아프다는 말을 들은 언니와 오빠는, 소 같은 봉순이 언니도 아플 때가 있는 거구나 하는 표정을 지었을 뿐, 곧 자신들의 방으로가 틀어박혔고 봉순이 언니는 머리맡에 하얀 약봉지를 놓고 누워 잠만 잤다.

봉순이 언니가 돌아온 이 며칠, 나는 봉순이 언니가 떠났던 그 여름보다 밤이 되는 것이 더 무서웠다. 봉순이 언니가 없었을 때는 그리움과 애련함으로 가득하던 우리 방 안의 공간이 봉순이 언니가 돌아오자 풀 먹인 홑청처럼 서걱거리게 되었던 것이다.

"들어가서 봉순이 약 먹고 자라고 해라."

어머니가 내게 물컵과 물병이 담긴 쟁반을 내밀었다. 나는 그것을 들고 우리 방으로 들어섰다. 봉순이 언니는 라디오를 조그맣게 켜놓고 누워 있었다. 눈을 멀거니 뜨고 두 손은 말없이 가슴에 모아 깍지를 낀 채였다. 본체와 크기가 거의 같은 커다란 건전지를 검은 고무줄로 친친 동여매놓은 금성사의 7석 라디오에서는 이미자의 노래가 흐르고 있었다. 엄마 구름 아이 구름 정답게 가는데 아빠는 어디 갔나, 어디서 살고 있나. 아아아 아아아아 우리는 외로운 형제, 길 잃은 기러기…….

"엄마가 약 먹으래."

내가 쟁반을 머리맡에 놓으며 말했다. 봉순이 언니는 한나절 만에 믿을 수 없을 정도로 해쓱해진 얼굴로 나를 가만히 바라만 보았다. 핏기 없는 입술에는 아직 다 가시지 않은 피딱지가 앉아 있었다. 언니가 화를 내거나 씨익 웃지도 않고 나를 바라보는 것은 처음이었다. 언니는 잠시 후, 눈길을 내리깔더니 끙 하고 일어나 봉지에서 부시럭부시럭 약을 꺼내 들었다.

　나는 아까부터 그러려고 망설였지만 하지 못한 일을 하려고 용기를 내었다. 그건 내 주머니에 있던 요즘 새로 나온 색색이 왕눈깔 사탕을 주려는 것이었다. 수박처럼 흰 줄이 쳐진 그 사탕은 한 개에 5원이나 하는 것이었다. 나는 아침에 피아노를 쳐서 아버지에게 받은 돈을 모아두었다가 아까 엄마와 언니가 외출했을 때 구멍가게로 뛰어갔었다. 그리고 그것을 두 개 사서 딱 하나만 먹고 한 개는 먹고 싶은 걸 참고는 남겨두고 있었다. 언니가 그 쓴 약을 먹는 것을 기다렸다가 나는 그 사탕을 내밀었다. 예전에 내가 약을 먹을 때 언니는 언제나 하얀 설탕을 한 숟가락 주곤 했던 것이다. 언니는 이게 뭐야, 하는 표정으로 나를 바라보다가 씨익 웃었다. 그러고는 그 사탕을 입에 반쯤 넣고 어금니로 있는 힘을 다해 부순 다음 반쪽을 내 입에 넣어주었다.

　그 크고 맛있는 것을 언니를 다 주어도 좋다고 생각했던 나는 뜻밖의 횡재라도 한 기분이었다. 그래, 내가 좋아하던 봉순이 언니는 그렇게 맛있는 걸 혼자만 먹을 사람은 아니었다. 나는 언니와 함께 마주 앉아서 왕사탕을 또로록 또로록 소리가나게 굴려 먹었다. 이상한 일이었다. 그 달콤한 것이 입에서 녹아감에 따라 이제껏 느껴왔던 모든 힘들었던 일들이 함께 사탕처럼 그저 녹아드는 것도 같았다. 봉순이 언니도 그런 표정이었다. 나는 예전처럼 언니의 이불 속으로 두 다리를 넣었다. 언니가 씨익 웃으며 나를 안았다.

나는 점점 밑으로 몸을 낮췄다. 언니의 허리를 껴안으며 예전처럼 간지럼을 태우려고 했던 것이다. 그러면 언니의 저 핏기 없는 얼굴에 조금이라도 홍조가 피지 않을까. 내가 하나도 변하지 않았다는 걸, 언니가 날 두고 그렇게 가버렸어도 이렇게 돌아왔으니 난 그저 예전의 짱아라는 걸 언니에게 보여주고 싶어서 나는 까르륵 웃으며 이불 속으로 얼굴을 박았다.

그런데 바로 그 순간, 이불 속으로 들이민 내 머리 위로 축축한 피비린내가 후욱 하고 끼쳐왔고, 동시에 내 손에 두툼하고 헐렁한 언니의 배가 만져지는 것이었다. 나는 이불 속에서 비명을 질렀을지도 모르겠다. 여기 누운 이 여자, 얼굴은 봉순이 언니인데 몸은 이미 다른 사람인 것 같은 이 여자. 나는 흙속에 우연히 손을 넣었다가 뭉클뭉클한 벌레라도 만져버린 것처럼 얼른 손을 떼고 엉거주춤 이불 밖으로 머리를 뺐다. 내 머리칼 올올이 그 축축한 피비린내가 배어 있는 것만 같았다.

시간이 늦은 모양인지 구민의 〈전설 따라 삼천리〉가 시작되고 있었다. '그때 하늘에서 흰빛이 내려와 박씨 부인은 태기가 생겼더라. 그러곤 아이를 낳았는데 아이의 모양이 보통 범상한 것이 아니었던 것이었다'라는 구민의 목소리가 우리들의 어색한 머리맡을 울리고 있었다. 아마도 나는 울려고 했을 것이었다.

"우리 짱이가 젤로 보고 싶더라. 짱이도 언니가 많이 보고 싶었지?"

당황해서 울어버리려는 걸 아는지 모르는지 언니가 다시 이불 밖으로 빠져나온 내 머리칼을 쓰다듬으며 말했다. 나두 언니가 보구 싶었어라고 말하려 했지만 그건 생각뿐이었고 사실은 언니의 손길이 모두 피에 젖어 있는 것만 같아서 끔찍한 기분이었다. 언니의 손길을 떼어내고 싶기도 했고 방 안이 떠나가도록 비명을 지르고 싶기도 했으며, 아니 그도 아니면 봉순이 언니 품에 예전처럼 얼굴을 묻고 언니 이제 가지 마, 아무데도 가지 마, 하면서 울고도 싶었다. 하지만 온몸이 식초에 담긴 것처럼 그저 시큰시큰했다. 피비린내와 헐렁하고 두터운 뱃가죽. 정말로 모든 것을 이제는 되돌릴 수 없다는 것이 그림책에 박힌 금박 글씨보다 선명하게 느껴졌다.

"괜찮아, 짱아 괜찮아, 다 괜찮다구."

그래, 그것은 봉순이 언니가 꼭 나를 향해 하던 말은 아니었을 것이다. 생각해보면 그때 언니의 나이 열아홉, 아마도 인생의 한 벼랑에까지 몰려갔다가 겨우 되돌아선 한 소녀의 자기 다짐이었을지도 모른다. 나는 그래서 봉순이 언니에게서 될 수 있는 대로 몸을 멀리하려고 애쓰면서, 하지만 그걸 봉순이 언니가 다 눈치채지 않게 조심하면서 잠이 드는 척했다. 그리고 그날 나는 밤새 꿈결에서 언니가 간간이 흐드득 흐드득 흐느끼는 소리를 들었다.

38

아버지 어머니는 봉순이 언니를 시집보내려고 결심을 했다
고 했다. 모래내 사는 이모네 집에 다녀온 어머니는 어느 날
아침 아버지의 넥타이를 챙겨주며 그렇게 말했다. 출근하는
아버지에게 아침에 아버지 들으라고 피아노를 친 값 5원에다
가 구두를 닦아놓은 돈 5원 해서 모두 10원을 받으려고 안방
으로 건너와 있던 나는 말을 꺼내는 어머니의 얼굴을 멍하니
바라보았다.

"벌써 동네에 소문이 다 난 것 같아요. 어제는 시장 갔다 오
는데 반장 집 아줌마가 넌지시 봉순이 어떻게 할 거냐고 묻지

않겠어요. 자기가 그러잖아도 우리 집에서 일할 좋은 아이를 하나 구해주려고 했다면서, 봉순이를 그냥 집에 둘 거냐고 묻잖아요. 그 얘기를 듣는데 어떻게나 낯이 뜨겁던지……. 이러다가 사춘기 다 된 영아나 준이가 알면 어쩔까 정말 걱정이에요. 애들 교육도 그렇고, 아무래도 시집을 보내버리는 게 낫지 않을까 여보? 더 데리고 있다가 정말 소문이 퍼져버리면 그때는 시집도 못 보내고 우리가 쟬 내내 데리고 있어야 할 거 아네요?"

그 무렵 늘 통행금지 시간인 12시가 땡, 치면 용케도 대문에 달린 벨을 정확히 누르고는 집으로 돌아오던 아버지는 집안일에 대해 관대하다 못해 거의 무심해져 가고 있었다.

"니 아버진 아마 대문 앞에서 기다리고 있다가 시계가 열두 시 누르면 요비링을 누르는가 보다."

어머니는 농담 반 비아냥 반으로 이렇게 말하기도 했다. 우리들을 태우고 손수 운전을 하고 다니길 좋아하던 아버지는 이제는 일요일에도 거의 얼굴을 볼 수 없었다. 그런 아버지는 어머니에게 '그건 당신이 알아서 하구려'라는 말을 했고, 실제로 집안에서 일어나는 모든 일에는 어머니의 의견이 가장 중요했다.

아버지에게는 봉순이 언니를 시집보낼까 말까보다 중요한

일들이 많았을 것이다. 국제 회의가 있었고, 해외 출장도 잦았으며 바이어들의 접대로 눈코 뜰 새가 없다고 했다. 다른 집의 아버지들도 거의 다 늦게 들어오는 것 같았으므로 특별히 이상할 것은 없었다. 더구나 아버지는 나를 굶리던 앞줄의 지붕 낮은 집 아이들의 아버지들과는 달리 돈도 못 벌어오면서 날마다 세간을 때려 부수는 소리를 내지도 않았고, 봉철이네 아버지처럼 술에 취해 버스 정류장 뒤 목포집 앞에 널브러져 있지도 않았다. 아버지는 달마다 더 많은 월급을 가지고 돌아와 어머니를 기쁘게 해주었던 것이다.

어머니 역시 한동안은, 애초부터 그러기로 아버지와 약속이라도 하고 결혼한 사람처럼 계를 붓고 새로 나온 냉장고를 사고, 새로 나온 선풍기를 사는 일이 더 즐거운 것 같았다. 물론 때로는 전화기가 날아가 창호지가 찢어지는 싸움도 있었다. 그럴 때면 건너편 안방에서 어머니의 울먹이는 소리가 들려온 날도 있었다.

"당신은 변했어! 예전의 당신이 아니야. 대체 아이들이 어떻게 크는지 집안이 어떻게 돌아가는지……. 돈? 이러자고 생기는 돈이라면 싫어! 차라리 예전으로 돌아가자구. 차라리 그 셋방살이 하던 때로!"

하지만 아침이 되면 어머니와 아버지는 시침을 뗀 채로 아침을 준비했고 안방의 찢어진 창호지만이 지난밤 내가 들은 소리들이 꿈이 아니라는 걸 말해주고 있었다. 어머니는 그런 날이면 화장을 곱게 하고 어딘가로 전화를 건 후 집을 나갔다. 그런 어머니의 얼굴은 조금씩 더 지쳐가는 듯 보이기도 했고 다른 한편으로는, 삶에는 생기가 있어야 한다고 굳게 믿는 사람이 날마다 바꾸어 쓰는 가면같이 점점 더 꾸민 듯이 보이기도 했다.

봉순이 언니는 이런 사실을 아는지 모르는지, 어머니가 외출을 하기를 기다렸다가 미자 언니네 집으로 갔다. 둘은 예전보다 더 낮고 은밀한 소리로 속살거렸다. 나는 여전히 그 집에 굴러다니는 주간지들을 읽었다. '감동수기'. 남자와 여자의 직업과 나이를 조금씩만 바꾸어놓는다면 앉은자리에서 1백 편도 만들어낼 수 있는 비슷한 이야기들이었지만 이상하게도 그것은 매회 재미있었다. 어쩌면 인간들은 이렇게 가지가지 슬픔과 가지가지 상황들을 가지고 이렇게 가지가지 사랑을 하다가 일제히 넘어서는 안 될 선을 넘는지. 나는 저녁이 다 되도록 돌아오지 않는 어머니와 간밤의 싸움의 징표로 남은 찢어져 너덜거리는 안방의 창호지를 잊고 그저, 책에 몰두했다.

39

내가 그런 것들을 읽고 있으면 가끔 봉순이 언니는 미자 언니가 피우던 담배도 몇 모금 피우고, 또 때로는 격한 감정을 이기지 못하겠다는 듯이, 그래도 난 진정 그 사람을 사랑했어! 소리치며 엉엉 울기도 했다.

"그러기에 사랑은 무슨 사랑, 사랑도 다 돈 있어야 하는 거지! 그렇게 한 푼 없이 따라갔으니 어떤 남자가 좋아했겠니? 병식 씨는 네가 정말 다이아라도 하나 갖고 나온 줄 알았던 거지. 그러길래 이것아, 면사포 씌워줄 때까지는 몸은 절대 안 된다고 버텼어야지."

눈물을 찔끔거리는 봉순이 언니에게 면박을 주며 그러나 미자 언니도 따라 울었다. 두 처녀는 겨울이 가고 새 봄이 오는 대청마루에 걸터앉아 내가 있는 것도 아랑곳하지 않고 그렇게 울음을 터뜨리곤 했다. 아마 미자 언니에게도 아픈 사랑의 과거가 있는가 보구나 나는 생각했다. 그랬을 것이다. 두 젊은 처녀는 야속한 사랑 때문에 울었을 것이다. 그리고 그 야속한 사랑은 아주 복잡한 과거를 가지고 있었을 것이다. 따뜻한 손길 한번 주지 않았던 부모와, 오로지 입 하나를 덜기 위해 보따리 싸가지고 먼지 나는 신작로에서 버스 타고 서울로 올 때까지, 그렇게 가슴속에 빨갛게 조롱조롱 맺힌 사랑. 이상한 일은 두 처녀의 울음소리를 들으며 주간지를 보고 있던 나도 공연히 따라 울었다는 것이다.

"얼라, 짱아, 넌 또 왜 우니?"

미자 언니가 울다가 물었다. 나는 대답을 하지 못한 채로 더욱 흐느껴 울었고 그러면 두 처녀는 재가 왜 저런다니, 응? 하며 웃다가 둘이 눈이 마주치면 또 흑흑 흐느껴 울었다.

다른 이야기지만 지난가을인가 신문사에서 주최하는 독후감 모집에 당선된 독자들 이십 명과 사이판엘 간 일이 있었다. 간담회 시간에 한 여자가 일어나 내 소설의 여주인공 이야기를 하면서, 사실은 그 여자주인공의 어린 시절이 어쩌면 그렇게 자신과 비슷한지 '저희도 아버지가 딴살림을 차리셨거든요. 소설에 나오는 것처럼 그렇게 나쁜 아버님은 아니었습니다만, 어머니하고 저 그리고 제 여동생은 그것 때문에 그 후 참 많은 아픔을……'이라고 말하며 목이 콱 막혀했다.

내 왼편에 앉아 사회를 보던 여성학자가 '그러셨군요. 진정하시고 말을 해보세요, 그래서 이번 소설에서는 어떤 문제를 느끼셨는지'까지 말하다가 갑자기 마이크를 내려놓더니 눈물을 주르르 흘리는 것이었다. 그러자 사회자의 말처럼 진정을 하고 다시 의견을 발표하려던 그 여자가 입술만 달싹이다가 끝내 참지 못하겠는지 두 손으로 얼굴을 가리고 울기 시작했고, 어떻게 하면 좋을까 하는 표정으로 내가 오른편에 앉아 있던 진보적 잡지의 편집장을 바라보자, 그녀는 벌써 손수건까지 꺼내 흘러내린 눈물을 닦고 있었다. 당황스러운 마음에 정면을 바라보니, 앞자리에 앉은 여성 독자들 스무남은 명이 모두 눈물을 글썽이고 더러는 손수건을 꺼내 들고 있었다. 아니 참 이상도 하네, 별로 슬픈 일도 아니고 흔한 이야기인데 왜들 이래요, 대단하게 울 일이 뭐 있어요, 어서 진행하시죠, 하고 말하려던 내 눈에서도 눈물이 금세 흘러내렸다. 우리들은 한 삼 분여 동안 그렇게 각자 울었다. 이유는 없었다. 물론 이유는 많았겠지만.

그건 남자들은 잘 이해할 수 없는, 하지만 우리들 여자들에게는 흔한 풍경이리라. 아마 함께 운다는 것은, 여자들이 함께 운다는 것은 그렇듯, 합리로는 설명해내기 힘든 그런 신비스러운 일이며, 그날 봉순이 언니와 미자 언니와 나의 울음도 그런 풍경 중의 하나였을 것이다. 그런데 바로 그렇게, 우리가 제각기 이유 없이 울고 있을 때, 대문이 열리는 소리가 들렸다. 누구 올 사람이 없는데……. 기웃거리며 미자 언니가 천천히 일어서려는데 낯익은 목소리가 들렸다.

"우리 봉순이 혹시 여기 있니?"

어머니였다. 후다다닥, 재떨이를 치우고 미자 언니는 입에 달고 있던 담배를 비벼 껐지만 대문을 연 어머니가 중문을 밀고 들어오는 시간이 그보다 좀 더 빨랐다. 내가 주간지를 뒤로 감추었음은 물론이고 어머니의 시선에 비껴가며 봉순이 언니가 재떨이를 치웠지만, 마루에 놓인 술병과 술잔은 그대로였다. 커다란 들국화 문양만 비로드로 도르라지고 나머지는 연한 색깔인, 그 당시 유행하는 감색 춘추 비로드 한복 차림의 어머니는 기가 막히다는 듯, 그 자리에 잠시 서 있다가,

"짱아 데리고 얼른 집에 와라!"

한마디만 하고는 나가버렸다. 봉순이 언니와 나는 난감한 표정으로 주섬주섬 신을 신고 집으로 돌아갔다. 어머니는 평

상복으로 갈아입고 안방 문을 밀면서 우리가 들어서는 것을 물끄러미 보다가, 한숨을 내리쉬고는, 짧게 말했다.

"집 비워두지 마라. 요새 동네에 좀도둑이 끓는단다."

40

하지만 봉순이 언니에게 가타부타 더 말이 없었던 어머니는 그날 저녁 나를 불러서, 앞으로 미자 언니네 집에 한 번만 더 가면 봉순이 언니와 나를 함께 내쫓아버릴 거라고 으름장을 놓아 다시 나를 울렸다. 아마도 그 때문이었을 것이다. 이제 갓 스무 살이 된 언니를 정말로 시집보낼 구체적인 계획을 어머니가 세우기 시작한 것은. 그날 이후 어머니는 봉순이 언니를 바라볼 때마다, 어쩌면 좋지, 하는 난감한 표정을 지었으니까.

"글쎄 애가 단단히 바람이 들었어. 어떤 땐 나도 무서워지는 거 있지. 예전에 알던 그 봉순이가 아니야. 짱아야 아직 어려서 그런다지만 영아나 준이 생각하면 안 되겠어. 그래, 네가 저번에 말한 그 사람 좀 잘 알아봐라, 아, 애 딸린 홀아비면 어떠니? 지 귀여워해주면 됐지. 얼굴 좀 못생기면 어때? 뭐 남자 얼굴 뜯어먹고 살 일 있나? 다만 그저 봉순이 귀여워해주구 마음두 넓구 먹구사는 걱정 안 하구 그러면 돼. 그래 그렇긴 하다마는, 지가 어디 성한 처녀냐구. 그걸 생각해야지."

어머니는 모래내 이모와 전화통화를 하면서 그렇게 말하곤 했다.

이 사실을 아는지 모르는지 봉순이 언니는, 예전처럼은 아니지만 배도 들어가고 어느 정도 홀쭉해진 봉순이 언니는 공연히 장난을 치면서 나한테 히히 웃기도 하고, 어머니 눈치를 살펴가며 가끔 미자 언니네 집에 가서 담배도 얻어 피우곤 했다.

언니는 다시 옛날로 돌아가는 듯했다.

나는 예전처럼 밤이면 봉순이 언니의 이불 속으로 기어들어가 무서운 걸루다, 이야기를 해달라고 졸라댔다. 봉순이 언니는 글쎄, 내가 아는 건 다 해줬다니께 그런다 하면서도 지난번 이야기를 조금씩만 바꾸어가면서 이야기를 꺼냈다. 나중에 안 일이지만 언니는 나에게 무서운 이야기를 해주기 위해

영아 언니 방에 가서 글자가 빽빽한 책들을 읽고 그 이야기를
어린 내가 알아듣도록 바꾸어 해주었다고 했다.

41

그렇게 겨울이 가고 어느 날부터인가 시멘트 바른 하얀 마당을 비추던 창백한 햇살이 노릇노릇해지면서 봄은 오고 있었다. 나는 여섯 살이 되었다. 아랫집 스피츠가 하얀 강아지들을 다섯 마리나 낳았고, 얼마 동안 털을 곤두세우던 동네 강아지들도 언니를 보고 짖지 않았다. 처음에는 수군거리던 동네 사람들도, 우리 봉순이 봄이 오니까 이뻐지네 하고 말을 건넸다. 그것이 얼마만큼 참혹한 것이든 어떤 기억도, 봉순이 언니를 짓밟기에는 너무 이른, 봉순이 언니는 스무 살, 때는 봄이었다.

42

어느 날 어머니는 봉순이 언니를 앞세우고 이른 아침부터 미장원엘 다녀왔다. 들어서는 봉순이 언니의 머리는 바가지를 엎어놓은 것처럼 둥그레했다. 유행하는 그 바가지 머리라고 했다. 봉순이 언니는 며칠 전 어머니가 사다놓은 연분홍 투피스로 갈아입었다. 그러자 그녀는 정말 딴사람이 된 것 같았다. 얼굴에 한 은은한 화장은 살짝 곰보를 가리고 있었고, 진달랫빛 립스틱 색깔이 좀 그렇긴 했지만 어쨌든 거리에 내놓아도 손색없는 처녀로 돌아온 것 같았다.

"와아, 봉순이 언니 이쁘다."

내가 말했지만 봉순이 언니는 기쁜 표정이 아니었다.

"그래 약속장소는 알지? 그 사람 아침 차 타고 올라온다드라. 요 아래 궁다방으로 하려다가 니가 부끄러워할 것 같아서 굴레방다리 거 송림소아과 옆에 양지다방으로 정했다. 그쪽에서는 모래내 이모가 나와 있을 거니까 걱정 말고.

우리 봉순이도 이렇게 차려놓으니 정말 이쁘네. 여자는 돈하고 시간만 있으면 얼마든지 이뻐진다더니 참, 자, 이제 출발해라. 늦겠다."

하지만 봉순이 언니는 영 출발하고 싶은 마음이 아닌 듯했다. 언니는 건넌방 툇마루에 걸터앉아 새로 사 신은 밤색 구두코를 마당에 이리저리 비벼댔다.

"아줌니 저, 안 나가면 안 될까요?"

"아니 또 그게 무슨 소리니? 어쨌든 그쪽은 멀기는 하지만 짱이 이모 먼 시동생뻘 되는 사람인데, 니가 안 나가면 이모 꼴이 뭐가 돼? 아유, 난 니가 이렇게 터무니없이 고집 부리기 시작하면 그냥 가슴이 철렁하면서 심장이 하루 종일 뛴다. 대체 왜 또 마음이 변했어?"

"아줌마 저 시집 안 갈래요."

"뭐?"

"짱이 봐주믄서 밥하구 그냥 여기서 살래요."

언니는 어린아이 같은 음성이었다. 어머니는 두 손으로 이마를 짚더니 대청에 걸터앉았다.

"봉순아, 여자는 그저 시집가서 남편 사랑 받구 애들 낳구 그러구 사는 게 제일인 거야. 짱이두 이제 클 거구 아줌마두 늙을 텐데, 너 꼬부랑 할머니 될 때까지 여기서 뭘 할래? 막말루다 니가 천애 고아면 피붙이라두 낳아두고 그걸로 울타리를 삼아야지."

"……"

"게다가 말 들어보니까, 사람이 신실하구 그렇게 양반일 수가 없다더라. 서른셋이면 이제 남자 나이 한창 아니니? 내가 널 안다만 넌 그저 나이 든 사람한테 가서 이쁘다, 이쁘다 소리 듣구 살아야 돼. 게다가 시골이니 먹을 것 걱정 없을 거구. 땅도 조금 있단다. 나머지를 소작 부친다구 해두 그게 다 큰집 땅이라니. 영 경우 없이 가난한 집은 아닐 테구 말이다. 어여 다녀와. 가서 정 맘에 안 들면 가서 그냥 앉아 있다가 커피만 마시구 와라. 그러면 내가 더 말 안 할게."

어머니는 부글부글 끓는 심정을 억누르며 부드럽게 말했다.

"지는 시집 안 갈래유. 안 갈 건데 그 사람 뭐할라구 봐요? 올라오지 말라구 하믄 안 될까요 아줌니?"

"너 지금 그렇게 이야기를 했는데도 아직도 못 알아듣는 거니? 아니 어제까지만 해도 아주머니 시키는 대로 좋은 데 시집가서 잘 살겠다구 니 입으로 그랬잖아."

"그건 아주 시집 안 가구서 여기서 살지는 않겠다는 이야기였지, 이렇게 빨리 시집가구 싶다는 이야기는 아니었잖아요?"

"아니 그럼 아침에 미장원엔 왜 갔다 왔니? 응?"

참으려고 했던 어머니의 언성이 드디어 커지기 시작했다.

"동네에 소문 다 나구 나서, 홀아비건 뭐건 안 받아주면 그땐 처녀귀신 될래? 막말루다 니가 젊은 총각한테 시집가서 첫날밤에 지난 일이 탄로라도 나믄 그때 어떻게 할래? 한번 시집갔다가 못 살고 오면 그때 정말 끝이라는 거 몰라서 그러니, 그러길?"

봉순이 언니는 시선을 떨구고 훌쩍훌쩍 울기 시작했다. 미장원까지 가서 애써 한 화장이 얼룩덜룩하게 일그러지고 있었다.

"울긴 왜 우니? 이것아, 그러길래 왜 집을 뛰쳐나가서 왜 그 지경이 되어서 돌아와? 그래, 이 아줌마한테 거짓말까지 하고 그 건달 놈 따라갔으면 그러면 죽을 때까지 거기서 같이 살든가 했어야지!"

어머니의 언성도 커지고 있었다. 지난 초여름 봉순이 언니가 집을 나간 이래 그렇게 속상한 어머니의 얼굴은 처음 보는 것 같았다. 봉순이 언니는 더 큰 소리로 훌쩍이고 있었다. 어머니는 화가 난 듯 회앵 방 안으로 들어가더니 잠시 후 가제 수건을 가지고 나와 봉순이 언니 곁에 앉아서 그녀의 얼굴을 닦아주며 낮은 목소리로 말했다.

"그래, 고만 울고 어여 가라. 약속해논 거니까. 가서 정말 맘에 안 들면 커피만 마시고 와. 그땐 아줌마가 아무 말 안 할게. 너 싫다는데 난들 어떻게 하겠니?"

어머니는 심란한 표정으로 콧물을 휘잉 들이켰다.

더 버티기가 힘들다는 걸 알아차렸는지 봉순이 언니는 천천히 일어섰다. 한 발짝 떼려다 말고 봉순이 언니는 문득 걸음을 멈추었다.

"저어 아줌니?"

"또 왜?"

언니가 또 무슨 변덕을 부릴까 싶어 어머니가 겁이 더럭 실린 얼굴로 물었다.

"저어, 짱이, 짱이 데리구 가믄 안 될까요?"

"뭐, 짱이를? 아니 짱이는 왜 데리구 가니? 남자하구 여자하구 데이트하러 나가는 자린데. 이모두 너희 인사만 시키구 바루 이리루 오기루 했는데."

"짱이 데리구 안 가믄, 지는 안 갈래요."

봉순이 언니는 다시 자리에 앉으면서 떼를 쓰듯 말했다. 언니는, 어머니의 말대로 쇠 힘줄 같은 고집을 피우기 시작할 때으레 그렇듯이 두툼한 입술을 뾰족이 앞으로 내밀고 있었다.

어머니는 지친 표정으로 나를 돌아보았다. 마당 구석에서 공기놀이를 하면서 둘의 대화를 엿듣고 있던 나는 그러지 않아도 남자와 여자가 선을 보는 게 어떤 것인지 몹시 궁금하던 차였으므로 좋아서 입이 헤벌어졌다.

"그래, 그래라, 그러면 짱이를 데리고 가라. 데리고 가!"

어머니는 체념한 듯 말했다.

"엄마 나 무슨 옷 입고 갈까?"

아까부터 귀를 기울이고 있었던 나는 다방이라는 곳에 이제 들어가보게 되었구나 싶은 마음에 기뻐서 헤벌어진 입을 다물지도 못하고 어머니에게 물었다.

"그냥 갔다 와, 조그만 게 무슨 옷, 니가 선보니?"

어머니는 신경질적으로 말하면서 수돗가로 날 데려가 얼굴을 대충 씻기고 손으로 머리만 한번 대충 빗어주었다. 나는 그래서 집에서 입던 쫄쫄이 바지를 입고 색동 고무신을 신은 채로 언니를 따라나선다.

43

　봉순이 언니와 함께 굴레방다리 양지다방에 들어섰을 때
는 이미 약속시간이 많이 지나 있었던 모양이었다. 이모는 우
리를 보고 일어나 안도의 한숨을 쉬었다. 우리는 자리로 갔
다. 봉순이 언니가 언니니까 그쪽은 형부뻘이 되는 사람이라
해야겠다. 그는 뭐랄까, 작고 딴딴하고 까뭇한 사람이었다. 낡
은 쥐색 점퍼 차림의 그는, 머리에 바른 기름 때문이었을까 얼
굴 전체가 콩기름을 바른 마룻장처럼 번들번들해 보였다. 두
사람이 인사를 건네고 형부는 '모닝'을 시켰다. 봉순이 언니
도 '모닝'을 시켰고, 어서 일어나라는 이모의 눈짓을 모른 척하

고 봉순이 언니 곁에 착 달라붙어서 나는 '주스'를 시켰다. 새 콤달콤한 주스를 마시면서 바라보니 형부라는 사람은 얼굴이 너무 시커먼 것이 좀 걸리긴 했어도 그런대로 이목구비가 뚜렷한 사람이었다. 봉순이 언니는 고개를 숙인 채 들지 않았다. 형부가 될 그는 후루룩, 후루룩 씩씩하게 잔을 불어 달걀노른 자가 든 모닝커피를 마시더니, 으으음 큰 소리로 헛기침을 해 댔다.

그럼 나는 이만 가보겠네 하면서 이모가 일어서자, 봉순이 언니와 형부가 될 그가 일어섰지만 나는 일어서지 않았다. 주스가 아직 많이 남아 있었던 것이다. 하지만 그보다 더 큰 이유는 내가 일어서기만 하면 이모는 나를 끌고 집으로 갈 것이 뻔했기 때문이었다.

이모는 아까 내가 따라 들어설 때부터 어머니와 무슨 약조가 있었는지, 나를 향해 벙어리 같은 신호를 보내고 있었던 것이다. 그러니까, 이모 일어설 때 짱이 너도 일어서자, 뭐 이런 신호였다. 하지만 나는 계속 주스 잔만 붙들고 있었다. 나는 어리니까, 이제 겨우 여섯 살이니까 못 알아들었다면 그뿐일 것이라는 계산이었다. 어쨌든 봉순이 언니가 그토록 강경하게 막지 않았다면 이모는 아마 나를 끌어내어서라도 집으로 데려갔을 것이었다. 하지만 봉순이 언니는 이모보다 더 강경했고 이모는 이런 자리에서 아이를 두고 승강이하는 것이 겸연쩍었는지 그럼, 하고 애매하게 남자를 향해 웃고는, 마지막으로 절대로 이모와 눈을 똑바로 마주치지 않으려는 나를 한번 째려본 후에 자리를 떠버렸다.

이제 형부가 될 그와 봉순이 언니와 내가 앉아 있었다. 봉순이 언니는 고개를 숙인 채 가제손수건을 쥐고 있었고, 나는 탁자 밑으로 들어가 봉순이 언니의 치맛자락을 잡아당기며 장난을 쳤다. 봉순이 언니는 거북살스러운 듯 내 손을 몇 번 치우다가 나중에는 탁자 밑으로 고개를 갸웃 숙이고 나를 따라 낄낄 웃었다. 형부가 될 그의 크으으음 헛기침 소리가 좀 더 크게 들렸다.

"저어, 아직 식사 전이시면 어디 가서 식사라도 하실까요?"

형부가 될 그 사람은 정말 할 말이 없어 죽겠다는 표정으로 물었다. 나를 향해 히죽히죽 웃고 있던 봉순이 언니는 아버지가 지난 일본 출장에서 처음 사다 준 손목시계를 들여다보더니 망설이는 표정을 지었다. 다만 내가 탁자 밑에서 봉순이 언니의 스커트를 잡아당기면서 그러라고 하라고, 맛있는 점심을 얻어먹고 더 놀다가 느지막이 집에 들어가자고 고갯짓을 하지 않았다면 봉순이 언니는 나를 데리고 그냥 집으로 와버렸을 것이다. 언니는 이 자리가 싫고 이 남자가 맘에 들지 않아 죽겠는 표정이었으니까.

그렇다면 그것 때문이었을까, 봉순이 언니가 그날 그대로 일어서서 나를 데리고 그대로 집으로 와버렸다면 그녀의 일생은 바뀌었을까. 처음에 이 일을 회상하면서 나는 아마 그럴지도 모른다고 생각했다. 다른 남자를 만났다면 언니의 삶은 아주 달라졌을 거라고, 아무리 어린아이고 아무 악의도 없었지만 내가 결국 봉순이 언니의 불행에 개입한 것은 아닐까, 얼마간 자책감이 들기도 했고, 이토록 사소한 일이 사람의 인생을 좌우하는구나. 결국 산다는 일에는 사소한 게 없는 거구나 생각하기도 했다.

그러나 그 후 나는 생각을 바꾸었던 것 같다. 그래, 그 남자를 만나지 않았으면 봉순이 언니의 삶은 달라졌을 것이지만, 아마도 그녀는 다른 방식으로 불행해졌을 것이라고. 왜냐하면 삶에서 사소한 일이 없는 이유는, 매 순간 마주치게 되는 사소한 선택의 방향을 결정하는 것은 바로 그 사람이 지금까지 살아온 삶의 총체에 의해 결정되는 것이기 때문에 결국 사소한 그 일 자체가 아니라 그 사소한 것의 방향을 트는 삶의 덩어리가 중요하다는 걸 내가 알아버렸기 때문이었다.

44

나는 점심을 얻어먹을 수 있다는 말에 탁자 밖으로 빠져나
왔다. 형부가 될 그가 나를 바라보다가 어색하게 웃었다. 그러
자 나는 그가, 얼굴이 검고 콩기름을 바른 마룻장처럼 반들거
리는 그가 괜찮게 생각되었다. 그건 나를 음험한 눈으로 쏘아
보던 병식인지 하는 총각의 눈과는 분명 달랐다. 어쨌든 그는
아이를 낳아본 아비였고 그래서였을 것이다.

"무슨 음식을 좋아하십니까?"

그가 묻자 봉순이 언니는 딸린 자식을 데리고 시집가는 여
자처럼 나를 바라보았다.

"그래 짱이라고 했지. 너는 뭐가 먹고 싶니?"

남자가 부드럽게 물었다. 다행히도 그 역시 나의 존재를 별로 싫어하는 기색은 아니었다. 남자의 말투가 조금 자연스럽지 않긴 했지만 그건 그가 좋은 의미에서 촌스럽고 그래서 어색하고, 또 그래서 수줍었기 때문이었으리라. 나는 아까 그가 점심 이야기를 했을 때부터 생각해놓은 이름을 댔다.

"돈가스요!"

남자의 얼굴에 난처함이 떠올랐다. 그때만 해도 경양식을 파는 집이 별로 없는 때였다. 남자는 사실 돈가스라는 이름도 처음 들어보는 듯했다.

"그래? 그 도……. 그걸, 어디서 먹는데?"

남자는 돈가스라는 이름을 몰라 어물거렸지만 나는 다방 사람이 다 들을 수 있을 만큼 또박또박한 소리로 의기양양하게 대꾸했다.

"여기서요, 육교를 건너서요, 추계초등학교 쪽으로 쪼금만 올라가면요, 솔로몬 통닭집이 나오걸랑요, 거기서 팔아요, 잘 모르시면 절 따라오시면 돼요."

나는 의기양양 앞장서 걸었다. 뭐 그럴까 아닐까 생각할 겨를도 없이 두 사람은 나를 따라나섰다. 남자가 엉거주춤 걷고 그 뒤를 봉순이 언니가 따라오고, 남자는 이 복잡한 서울에서 나를 놓칠세라, 봉순이 언니가 따라오는지 살펴보랴, 이른 봄인데도 땀을 닦고 있었다. 나는 아현시장 쪽에서 육교를 건너 솔로몬 통닭집을 향해 걸었다. 굴레방다리에 지금도 있는 송림소아과에 가서 주사를 맞고도 울지 않았거나, 내가 착한 일을 했을 때 엄마는 가끔 나를 데리고 그 집에 가서 돈가스나 오므라이스를 사주곤 했다. 토마토케첩을 뿌린 돈가스의 그 고소하고 파삭한 맛이라니. 우리 셋은 그 솔로몬 통닭집으로 가서 돈가스를 먹었다. 내가 콜라도 한 잔 얻어먹었음은 물론이었다. 형부가 될 그 남자가 전혀 칼질을 하지 못하는 바람에 봉순이 언니가 돈가스를 썰어 남자의 접시에 올려주었다. 그때 나는 보았다. 그 순간, 그러니까 봉순이 언니가 남자의 접시를 끌어당겨 고기를 썰어서는 다시 그에게 넘겨주는 그 순간, 남자의 얼굴이 붉어지고 그리고 목이 꽉 메는 듯했던 것을, 그리고 또 전염이라도 되듯이 봉순이 언니의 얼굴 역시 붉어지고 둘 사이에 이전에는 없었던 그윽한 분위기가 흐르는 것을.

45

그날 오후, 집으로 돌아오는 길에 우리는 아무런 이견 없이 미자 언니의 집으로 갔다. 봉순이 언니는 웬일인지 미자 언니가 내어주는 담배를 피우지도 않고 대청에 걸터앉아 있었다. 곧이어 암전될 생의 짧은 스포트라이트가 봉순이 언니의 얼굴에 초점을 맞추고 있는 듯 언니는 환한 얼굴이었다.

"그래서?"

"참 이상두 하지? 그 남자한테 돈가스를 썰어서 밀어주는 순간, 그 남자가 목이 콱 메어하는 게 느껴지는 거야. 그 순간, 이 사람 그동안 부인 죽고 얼마나 혼자 외롭고 쓸쓸했을까 하는 생각이 들면서 우리가 아주 오래전부터 서로 알고 있던 사람 같은 생각이 드는 거야……. 뭐랄까, 운명적으로 만난다, 뭐 이런 거. 이 사람 외롭고 쓸쓸한 거 내가 위로해줘야 하는 느낌 같은 거. 그리구 밥을 먹는데 이 사람이 돈가스에 케첩을 발라서 슬그머니 내 접시에 하나를 더 놓아주지 않겠니? 그때 갑자기 그런 생각이 들었어. 그래, 이렇게 살면 좋겠다. 맛있는 게 있으면 내가 그의 밥그릇에 하나를 놓아주고, 또 맛있는 게 있으면 그 사람이 내 밥그릇에 하나를 놓아주고, 그렇게 말이야. 평생 누가 내 밥그릇에 먹으라고 그렇게 슬며시 맛있는 걸 놓아준 적이 있었을까. 아마 그 사람뿐일 거야. 모르겠어. 오는데 자꾸만 이건 오래된 인연이라는 생각이 드는 거야."

"너 지난번에 병식이 만날 때도 그랬잖아?"

몽롱히 젖어드는 목소리로 말을 이어가는 봉순이 언니의 말을 자르며 미자 언니가 대꾸했다.

"내가? 내가 그랬어? 아니야, 병식 씨 땐 좀 달랐어. 그땐 아니라는 느낌이 더 많았어. 게다가 병식 씬 여자한테 잘해주는 그런 타입이 아니잖아. 그런데 이번은 아니야. 사람이 참 따뜻해구 가엾은 거야. 날 만나기 위해서 누가 아침부터 버스 타구 오래도록 달려서 온 일이 있었니? 왠지 난 그 사람하고 먼 옛날부터 무슨 인연이 있었던 거 같아."

봉순이 언니도 주간지의 '감동수기'를 너무 많이 읽은 게 틀림없었다. 거기에 나오는 여자들도 모두 그렇게 말했으니까. 그 여자들도 그 남자들의 정성에 감복해서 언제나 감동했으니까. 웬일인지, 그 감동수기의 주인공들과 너무 닮은 봉순이 언니의 그 대사들이 걸렸으나 언니는 연분홍색 투피스처럼 발그레해진 얼굴로 환하게 웃고만 있었다.

46

"그래, 사람이 어떻든? 모래내 이모 말로는 그쪽에서는 니가 맘에 드는 눈치라고 하든데."

봉순이 언니는 걷어놓은 빨래를 개다 말고 부끄러운 듯 고개를 숙인 채 히죽 웃었다. 어머니는 그런 봉순이 언니의 표정을 눈치 빠르게 알아차린 것 같았다.

"글쎄, 그렇게 서로 첫인상이 좋았다고 하니까, 나도 좋다마는 열 번을 아는 것 같아도 모르는 게 사람 맘이란다. 내 맘 내가 모를 때가 많은데 다른 사람 마음이야 하물며 어떻겠니? 홀아비라는 거는 그렇다 쳐도, 이렇게도 살펴보고 저렇게도 살펴보고 사람들 여럿 있는 데서도 보고 혼자 놓고도 보고 술 먹은 것도 보고 안 먹은 것도 보고 이리저리 뜯어봐야 할 텐데 서로 사는 데가 멀어서 그게 안 될까 그게 좀 걱정이다 싶은데…… 어쨌든 절대 서둘러서는 안 된다. 알았지? 누가 뭐래도 넌 처녀고 그쪽은 홀아비니까 그렇게 호락호락하면 안 되는 거야. 여자가 비싸게 굴수록 남자는 여자를 더 귀하게 아는 거야. 알겠니?"

시집을 가서 사는 게 최고라고 말해놓고 그렇게 말해놓고 어머니는 막상 봉순이 언니가 상대를 당겨하는 눈치를 보이자 슬그머니 걱정이 되는 모양이었다.

"지는 아줌니가 하라는 대루 할게요."

봉순이 언니는 새로 시집을 오기라도 한 색시처럼 수줍게 말했다.

"아이구 참, 언제부터 우리 봉순이가 이렇게 말을 잘 들었을까."

어머니는 슬쩍 농을 치며 봉순이 언니를 흘기듯 보다가 말했다. 아까 선을 보러 나가기 전에 마당에서 승강이를 한 생각이 그제야 난 모양이었다.

"그래도 만나보니까 시집을 가고는 싶은가 보구나."

봉순이 언니는 아무 말도 하지 않았다. 그날부터 봉순이 언니의 표정은 환해졌다.

"아이구 우리 봉순이가 피니까 정말 봉숭아꽃 같구나."

다니러 온 모래내 이모는 그렇게 말하기도 했다. 모래내 이모의 말에 따르면 그쪽에서는 만사 오케이니 모내기하기 전에 혼사를 서두르자는 모양이었다.

"글쎄 신랑이 뚱해서 말은 안 하는데 보고 와서는 싱글벙글 이래. 그래도 시골 농사라 짬이 영 안 나서 올라오지를 못하는 모양이야."

"그래도 그렇지 이렇게 큰일을 단 한 번을 보고 결정하는 일이 어디 있대니?"

어머니는 아무래도 꺼림칙한 듯 이모의 말을 내켜하지 않았다.

"시골 사람들 그렇지 뭐. 우리 동서는 얼굴 한 번 안 보고 결혼했다는데. 그래두 애들 여섯 낳구 잘만 삽디다 뭐."

그날 이후로 봉순이 언니의 얼굴에는 화사한 빛이 돌기 시작했다. 그건 병식이라는 총각을 만날 때와는 다른 빛이긴 했다. 밤마다 오이도 얼굴에 붙여놓고 남진의 노래들을 흥얼거리는 봉순이 언니의 얼굴은 날마다 따사해져가는 봄볕처럼 조금씩 더 화사하게 변해갔다. 남자는 바쁜 와중에도 가끔 서울로 올라왔고 그럴 때마다 언니는 발그레한 얼굴로, 이번에는 어머니에게 정식으로 허락을 받은 채로 데이트를 하러 나가곤 했다. 이번에는 나를 떼어놓고 다녔음은 물론이다.

그러던 어느 날 남자를 만나러 밖으로 나갔던 봉순이 언니가 남자와 함께 집으로 들어섰다. 남자의 손에는 나에게 줄 과자와 닭 한 마리가 들려 있었다. 삼십 대 중반의 나이에 장모 역할을 하게 된 어머니는 당황하는 빛이 역력했지만, 남자를 안방으로 들인 후, 차만 한 잔 대접해서 돌려보냈다.

"미리 청해서 온 것두 아니구, 내가 닭은 다음에 잡아줄게. 그리구 어쨌든 여기가 니 친정인데 처음부터 너무 떠받들면 버릇없어져서 안 된다. 아무리 서루 좋아서 하는 혼인이라구 해두 엄연히 너는 처년데, 이쪽에서 너무 받치면 안 좋지. 넌 어디까지나 못 이겨 끌려가는 척해야 한다. 알았지……. 근데 홀아비 생활을 삼 년 했다고 하지만 너무 서두르는구나. 그래도 혼인은 혼인인데 갖출 것은 갖추어야지."

남자가 돌아간 후 어머니는 봉순이 언니를 불러놓고 그렇게 말하기도 했다.

"그런데 벌써 둘이서 약속을 한 게냐?"

"……."

봉순이 언니는 아무 말도 하지 않았다.

"그래, 뭐 사람은 괜찮아 뵌다만 얼굴에 파란빛이 도는 거 하구, 니들이 사귄 지가 한 달밖에 안 된 게 마음에 걸리는구나."

"곧 바쁜 철인데 그러면 서울 오기두 힘들구, 일손두 부족하니께 지가 가서 좀 도우믄 좋겠구. 거기 있는 애기두 말이 아닌 것 같구."

"니가 뭐 소냐? 일하려구 시집가게?"

어머니는 봉순이 언니의 말에 날카로운 반응을 보였다. 봉순이 언니의 어깨가 움찔했다.

"아니 자기네야 두 번째라구 하지만 우리는 첫 번째 아니냐. 농사일 끝내놓구 살기 편할 때 천천히 사람을 데려가든지 해야지."

"아줌니, 걱정 마세요. 지가 가서 잘할게유. 하나 있는 딸내미두 어쩌나 안됐던지 때꾸정 물이 졸졸 흐르는 게, 한시라두 빨리 가서 목욕두 뽀득뽀득 좀 시켜놓구 싶구. 찌개라두 좀 뜨뜻한 걸루 먹게 하구 싶구. 지 맴이 영……."

"니 마음이 벌써 그리로 다 가버린 모양인데, 내가 뭐라고는 안 하겠다마는 이게 잘하는 건지 나도 모르겠구나."

처녀를 데려가는 홀아비인 처지인데 그쪽 집에서 너무 서두르는 기색에 어머니는 좀 불편한 모양이었지만, 어머니로서도 이쪽에 하자가 있으니 더 뻗댈 것도 없다고 생각하는 게 분명했다.

"혹여 옛일 가지고 트집이나 안 잡아야 할 텐데. 봉순이 너무슨 일이 있어두, 지난 일에 대해서는 잡아떼야 한다. 죽어도 입을 열면 안 돼. 그게 거짓말을 하는 게 아니라 너하구 그 사람 둘 다 위하는 거야, 알았지?"

어머니는 걱정스레 그렇게 말하기도 했다. 그쪽의 서두름과 봉순이 언니의 달뜸으로 인해 단 몇 달 만에 결혼은 일사천리로 진행되었다. 형부라는 사람은 주말마다 서울로 왔고, 우리 집에도 찾아왔다. 그럴 때마다 봉순이 언니는 남자를 처음 보는 소녀처럼 부끄러워했고 그건 그쪽도 마찬가지로 보였다.

47

벚꽃이 한창 피어나던 어느 토요일, 아버지의 차를 타고 어머니와 나와 봉순이 언니는 경기도 남양읍의 한 예식장으로 갔다. 어제까지 화창하던 날씨가 꾸물꾸물해지더니 점심 무렵부터는 부슬부슬 봄비가 내리기 시작했다.

"비님이 오시네. 가뭄 끝에 반가운 비로구나."

반가운 비라고 말하면서도 어머니는 께름한 얼굴이었다. 아무리 가뭄이라도, 비가 오지 않느니만은 못했을 건 사실이었다.

"목마른 산천초목이 촉촉해지는 걸 보니 좋은 일이다. 이게

다 우리 봉순이 잘 살라는 건가 부다."

어머니는 중얼거리다가 봉순이 언니를 바라보며 다시 말했다.

"봉순아, 내가 어린 널 데려다가 키운다고 키웠지만 니 맘에 맺힌 거 많겠지. 다 잊고 옛말하면서 잘 살아라. 무슨 일이 있어도 참고, 시댁 식구들한테 잘하고, 남편 알기를 하늘로 떠받들면 좋은 끝이 있을 거다. 니가 그래도 심성 하나는 고운 아이니까, 그래, 좋은 끝이 있을 거야."

어머니는 말을 하다 말고 눈물을 훔쳐냈다. 흰 망사의 베일로 얼굴을 살짝 가린 채 서울의 미장원에서 드레스를 빌려 입고 화장까지 마친 언니는 어머니보다 더 먼저 눈물을 뚝뚝 떨구고 있었다. 사연 많은 사람들, 사연 많은 사람들이라 그렇게 눈물이 흔했을 것이다.

"울기는 왜 우니? 이 좋은 날."

"아줌니 은혜 잊지 않을게요."

"은혜는 무슨 은혜니? 가서 잘 살면 됐지."

어머니는 봉순이 언니의 눈물을 닦아주었다. 부끄러운 듯 눈물이 그렁그렁 맺힌 얼굴로 고개를 숙인 언니의 모습은 새하얀 드레스 때문이었을까 화사해 보였다. 그랬다. 아마도 봉순이 언니 일생 중에서 가장 화사한 날이었을 것이다. 그날은.

하필 비가, 다른 날 다 놔두고 그날 내리기 시작한 것만 뺀다
면. 그것은 징조였을까, 어머니는 훗날, 그 비가 왠지 마음에
걸렸다고 말했다.

48

멀리까지 차를 타고 간 탓이었을까, 멀미를 많이 한 탓에 나는 엄마의 치맛자락에 매달린 채였다. 어지럽고 메스꺼웠다. 예식장의 간이의자 몇을 붙여, 어머니가 임시로 마련해준 침상에 나는 누워 있었다. 그런 내 눈에는 합판으로 이어진 예식장의 천장만 보였다.

그래서였을까, 기억은 사진으로 남는다. 젊은 우리 아버지가 봉순이 언니를 데리고 들어가는 사진, 거뭇한 형부와 흰 봉순이 언니의 사진, 그리고 마지막으로, 아버지의 차에서 내리던 그 순간 진흙탕으로 뒤범벅된 길 위에 언니의 웨딩드레스 자락이 끌리던 그것. 이건 사진이 아니라 내 머릿속에 남아 있는 것이었다. 도화지보다 흰옷에 붉은 진흙탕물이 튀어 오르던 그 순간이. 그러니 그것도 한 징조라고 말해야 옳을까. 글쎄, 하지만 징조라는 건 언제나 어떤 일이 일어나고 난 후에야 추인되는 것은 아닐까.

신랑 쪽 사람들은 그저 그런 시골 사람들이었지만, 사람들이 경우 바르고 점잖아 보인다고 어머니는 말했다. 그래서 그날 폐백을 마치고 온양온천으로 신혼여행을 떠난 언니와의 별리는 생각보다 싱겁게 끝나버렸다. 돌아오는 길, 언니의 빈자리를 헤아리기도 전에 멀미는 다시 나를 덮쳤고, 나는 끝내 먹은 걸 다 게우고 어머니의 한복과 아버지 차의 시트를 다 더럽힌 후에야 탈진해서 잠이 들었다.

49

그리고 시간이 흐른다. 내가 봉순이 언니가 없는 그 여름
과 그 가을 동안 무엇을 하고 지냈는지 잘 떠오르지 않는다.
우리 집에 하얀 스피츠가 한 마리 생겨났고, 그리고 내가 잡
종인 그 강아지를 사랑했고, 그리고 그 강아지는 어느 비바
람 치는 가을날 쥐약을 먹은 쥐를 잡아먹고 밤새 신음하다
가 아침에야 발견되었다. 암놈은 귀찮다고 어머니가 부탁해
서 얻어온 수놈에게 왜 하필 우리는 서양 여자아이의 이름
을 붙여주었을까. 메리, 하고 부르면 두 발을 모으고 까만 눈
을 지그시 나에게 고정시킨 채 왜, 하고 묻듯이 나를 올려다

보던 그 강아지.

비바람만 없었더라면, 그래서 그날 밤 밤새 내가 자는 방의 문풍지가 떨리고 허술한 우리 집 유리창이 그토록 덜컹이지만 않았더라면 아마 나는 그의 신음소리를 들었을까. 그래서 쥐약 먹은 쥐를 먹은 그 강아지에게 물을 먹이고 약을 토하게 해서 그를 살려낼 수 있었을까. 아랫목에 발을 묻고 뜨개질을 하던 어머니가 저 개가 오늘따라 왜 저런다니 하고 물었을 때, 나는 작은 장지문을 열고 마당을 내다보았고 그때 내가 사랑했던 잡종 강아지 메리는 마치 내가 그를 불렀을 때처럼 두 발을 앞으로 모아 마당에 배를 댄 채로 간절하게 나를 바라보고 있었다. 아마 힘이 다 빠져서 더 이상 발버둥 칠 기운도 없는 채로 끄으으응, 길게 울었던 것 같기도 하다. 저 녀석이 아직 강아지 때 버릇이 남아 방에 들어오려고 저런다, 이럴 때 받아주면 버릇이 영 나빠져서 안 돼. 어서 문 닫아라, 춥다. 어머니가 말했다. 나는 마지막으로 그 강아지의 검은 눈동자가 참 슬퍼 보인다, 문득 생각했을 뿐 어머니의 말대로 문을 닫았다. 그런데 아침에 일어나보니 그 메리는 죽어 있었고 메리의 집구석에서 빨간 내장을 드러내놓고 죽은 작은 쥐가 발견되었다.

그것은 내가 생애에서 마주친 최초의 죽음이었다. 하지만 그 강아지의 시체가 어떻게 처리되었는지는 기억나지 않는다. 하지만 그 후 오랜 세월이 흐른 후, 중학교 때였던가, TV에서 방영하는 영화 〈금지된 장난〉을 보고 울던 날, 처음 내가 메리에게 아무런 무덤도 마련해주지 않았다는 것을 생각했다. 죽음도 하나의 문화이므로, 개를 매장해주고 허름한 나뭇가지로라도 십자가를 세워주는 일 따위를 나는 몰랐노라고, 아마도 일기에 적었던 것 같기도 하다.

그러자 그때, 장지문을 열고 잠깐 밖을 내다본 나를, 간절하게 바라보던 메리의 눈빛이 다시 떠올랐다. 내가 무표정한 얼굴로 문을 닫아버렸을 때 그의 심정이 어땠을까 헤아리는 일도 이제는 부질없었다. 사는 데 있어서 얼마나 많은 별리가 필요한지를, 그것이 본의는 아니었다 해도 얼마나 많은 죄를 짓고 얼마나 많이 다른 생명을 절망으로 몰아가는지, 생사의 절박한 갈림길에 선 것들의 부르짖음을 외면하고 사는지, 설사 그것이 본의가 아니었다 해도—허술한 유리창이 떨리는 소리가 세상을 뒤엎듯 들렸다 해도—난 정말 몰랐다는 말로 그 모든 이야기들이 용서가 될까 알 수 없었지만, 그렇게 강아지가 죽고 나는 자라고 있었다.

50

그리고 많은 시간이 흐른 후, 나는 한 이야기를 읽는다. 어떤 마을에, 아마도 유럽인지 미국인지에 드넓은 초원이 있고, 거기에는 진한 갈색의 멋진 종마가 풀을 뜯고 있다. 그 곁에는 그 말을 돌보는 할아버지가 살고 있고, 그 종마를 사랑하는 어린 소년이 있었다.

말을 돌보는 할아버지가 멀리 출타하면서 소년에게 말을 부탁한다. 소년은 자신이 얼마나 그 멋진 종마를 사랑하고, 또 그 말이 자신을 얼마나 믿고 있는지 알고 있으므로, 이제 그 종마와 단둘이 보낼 시간이 주어진 것이 뛸 듯이 기쁘다.

그런데 그 종마가 병이 난다. 밤새 진땀을 흘리며 괴로워하는 종마에게 소년이 해줄 수 있는 일이라고는 시원한 물을 먹이는 것밖에 없었다. 그러나 소년의 눈물겨운 간호도 보람 없이 종마는 더 심하게 앓았고, 말을 돌보는 할아버지가 돌아왔을 때는 다리를 절게 되어버린다. 놀란 할아버지는 소년을 나무랐다.

"말이 아플 때 찬물을 먹이는 것이 얼마나 치명적인 줄 몰랐단 말이냐?"

소년은 대답했다.

"나는 정말 몰랐어요. 내가 얼마나 그 말을 사랑하고 그 말을 자랑스러워했는지 아시잖아요."

그러자 할아버지는 잠시 침묵한 후 말한다.

"얘야, 누군가를 사랑한다는 것은, 어떻게 사랑하는지를 아는 것이란다."

51

 그리고 그 무렵 나는 아마도 많은 시간을 성진 만화가게에서 임창이나 민애니 혹은 엄희자나 정운경의 만화를 읽으며 보냈다. 성진 만화가게 아저씨는 깡마른 체구에 반팔 러닝셔츠 바람으로 앉아 있었다. 이상하게도 일 년 내내 그는 그 차림이었다는 생각이 든다. 겨울, 연탄 가게 중앙에 놓여 있던 녹이 슨 붉은 난로에 연탄을 갈아 넣을 때도 그랬다. 그는 열이 많은 사람 같았다. 여름이면 늘 문희나 남정임이 한복을 입고 앉은 사진이 박힌 부채를 들고 있었으니까.

 하지만 어린 나이에 내가 보기에도 그는 장사를 참 잘했다.

한구석에 조그맣게 문구점을 겸하면서 그는 비닐 속에 든 손바닥보다 작은 오징어 다리도 가져다놓고, 삼진 복숭아 아이스바라는 삼각형 모양의 갈색 아이스크림도 아이스박스 속에 가져다놓았다. 그는 아이들이 아무렇게나 내팽개친 만화들을 하루 종일 정돈하고 있었다. 새 만화가 그렇게 빨리 들어오고 새 만화를 그렇게 잘 정돈해놓는 사람은 그밖에 없었다. 아랫동네에 가면 10원에 여덟 권이나 빌려주는 만화가게가 있어서 성진 만화가게보다 10원에 두 권을 더 많이 보여주긴 했지만, 내가 성진 만화가게에 단골로 출근한 것은 그 때문이었으리라.

나무로 만든 긴 의자에 앉아 오징어 다리를 씹거나 아이스바를 먹으며 빳빳한 새 만화를 보는 맛이라니. 나는 내가 가진 돈이 모자라면 어머니의 월남치마나 빨간색 비닐 지갑에서 10원을 훔쳐내기도 했다. 하루라도 그곳에 들르지 않으면, 그래서 새로 나온 만화책을 보지 않으면 견딜 수가 없을 만큼 나는 그 장소에 중독되어 있었다. 가끔 그곳에서 오빠와 마주치기도 했지만 우리는 거기서 서로를 보았다는 건 비밀에 부쳐야 한다는 불문율을 누가 먼저 말하지 않아도 알고 있었고 그래서 집 앞에서 헤어져 약간의 시차를 두고 집으로 들어가곤 했다.

양은으로 만든 국자에, 달고나라고 불리던 하얀 덩어리나 누런 설탕을 녹여 먹던 또뽑기 집도 있다. 돌덩어리 같은 하얀 달고나를 국자에 넣고 연탄불에 둘러앉아 녹여서 거기에 소다를 약간 넣으면 부풀어 오르던 그 하얗고 달콤하고 포슬한 그 맛. 60년대 대한민국에 사는 아이들의 단맛에 대한 갈증을 채워주고도 한 번도 공식적인 이름을 얻지 못한 채 사라져 간 그것. 그리고 그해 가을이 가고 겨울이 아직 오지 않았을 무렵 봉순이 언니는 우리 집으로 찾아왔다. 언니의 배는 봉긋하게 불러 있었다. 마침 그때 전 국민을 대상으로 주민등록이라는 것이 만들어진다고 했으므로 아마 그때까지 혼인신고가 되어 있지 않았던 언니에게 호적 정리도 필요했으리라.

"그래도 친정에 다니러 오는 건데 봉순이 온 김에 고사나 지내야겠다."

어머니는 무와 호박을 썰어놓고 쌀을 안쳐 시루에 떡을 했다. 붉은 팥과 하얀 떡살이 켜켜이 앉은 진회색 떡시루에서 한껏 김이 오르자 어머니는 베 보자기를 걷어내고, 버선처럼 코가 올라간 날씬한 식칼을 가져다가 그것을 큼직큼직 잘랐다. 그러고는 준비해두었던 양은 쟁반과 넓은 접시에 붉은 떡을 담았고 봉순이 언니와 나는 익숙한 솜씨로 그것을 날랐다. 봉순이 언니는 떡 접시를, 그리고 나는 정화수를, 안방과 부엌

건넌방과 광, 그리고 장독대와 변소 앞.

어머니는 떡 접시가 놓인 곳마다 다가와 두 손을 둥그렇게 모아 마치 허공의 모든 것을 끌어모으듯 합장을 했다. 어머니의 뒤를 따르며 봉순이 언니도, 나도 그렇게 했다. 어머니는 무엇을 빌었을까, 아마도 우리 식구들의 건강과 안녕, 다가올 오빠의 중학교 입시, 혹은 우리 집이 더 부자가 되게 해달라는 말 같은 것…… 봉순이 언니는 무엇을 빌었을까. 무사한 출산과 가족의 안녕, 그리고 그녀의 말대로 세상 태어나 처음 느껴보는 이 따뜻한 행복을 깨지 말아달라고 했을 것이었다. 그리고 나는 그저 두 손을 모았을 뿐이었다. 나는 아직 기도할 줄 몰랐다. 고난이 오기 전에 아직 기도는 시작되지 않는 법이니까.

52

"산모가 먹는 미역은 꺾는 법이 아니니까, 힘들더라도 이렇게 들고 가거라."

어머니는 배가 부른 봉순이 언니에게 거의 내 키만큼이나 한 미역을 건네며 말했다. 나는 봉순이 언니를 따라나섰다. 그때 내가 어떻게 해서 봉순이 언니네 집으로 가게 되었는지는 다 기억나지 않는다. 아마도 오래 떼를 쓴 것 같지는 않았다. 버스를 많이 탔고 먼지가 아주 많이 피어오르는 길을 걷고 걸어서 힘이 들었던 것, 아직 멀었어? 아직 멀었어? 묻다가 언니의 등에 업혀 갔다. 지금 생각해보면 임신한 여자에게 또 업혀

가다니 그렇게 철부지가 없었겠지만, 봉순이 언니는 그 짐들을 들고 기꺼이 나를 업었다.

그렇게 한참을 걷고 또 걷다가 길가에 앉아 따뜻하고 노란 콩가루가 묻은 인절미와 된장 국물을 먹었던 것도 떠오른다. 미색의 뿌연 먼지가 날리던 그 길고 길었던 길. 그리고 마을이 나타났다. 첫 번째 느낌은 집들이 참으로 납작하다는 것이었다. 우리 집 골목 앞의 지붕 낮은 집들보다 더 납작한 집들. 하지만 막상 신을 벗고 들어가려면 그 초가집 툇마루는 왜 그렇게 높았던지. 들어섰던 언니의 신혼방의 벽에 흙이 듬성듬성 드러나 있고 게다가 벽지가 아닌 신문지가 발라져 있어서 놀라웠던 기억들. 그리고 한 두어 평 남짓 될까 한 그 방 한구석, 무거운 솜이불 아래에는 형부가 누워 있었다.

"아파. 병이 났어."

내가 놀란 눈을 해보이자 언니는 나를 향해 말하며 싱긋 웃었다. 잠에서 깨어나 나를 보고 사람 좋게 웃는 형부의 눈은 지난 결혼식 때보다 한 줌은 더 안으로 들어가 있었다. 어머니가 봉순이 언니가 시집갈 때 해주었다는 빨간 공단 이불 위에 목단꽃들은 방긋거리는데 거기에 누운 형부의 검은 얼굴은 생경해 보였다.

"안녕하세요?"

나는 벌써 여섯 살이었으므로 사람을 만나면 누구나, 뻔히 눈앞에 안녕하지 않은 것을 보면서도 이렇게 인사를 해야 한다고 배웠고 그래서 그렇게 인사를 했다.

"그래, 그동안 키가 더 컸구나. 서울 애기가 왔는데, 뭐 먹을 것두 없고."

형부는 자글하게 주름이 잡힌 얼굴을 찡그리며 웃었다.

그러자 비로소 내가 굴레방다리 양지다방에서 보았던 형부의 얼굴과 연결이 되었다. 그의 얼굴에는 여전히 그 수줍고 어색하고, 그래서 천진한 빛이 남아 있었다. 겸연쩍은 생각에 나도 따라 웃었다. 하지만 뭐라 꼬집어 말할 수는 없었지만 불길하고 어두운 그림자가 그 방 안을 뒤덮고 있는 것이 느껴졌다. 때가 꼬질하게 긴 흰 베갯머리에 수북한 약병과 주삿바늘들.

"좀 어때요?"

미역을 부엌에 내려놓고 방 안으로 들어서며 봉순이 언니는 형부의 이마부터 짚었다.

"견딜 만해."

"오늘은 목간을 좀 해야 쓸라나. 하는 일두 없이 목에 때는 왜 이렇게 자주 끼는 거야. 오늘 치 주사 놔드려요?"

언니는 형부의 머리맡에 있는 주사기를 들고는 잠시 나를 바라보았다. 간호사도 아니고 의사도 아닌 사람이 그것도 봉순이 언니가 주사를 놓는 것을 나는 처음 보았다. 언니는 언제 저렇게 주사를 놓는 법을 배웠을까. 언니가 아무 말도 하지 않았지만 나는 형부가 엉덩이를 까고 주사 맞는 것을 보면 형부가 창피할 거라고 생각해 고개를 돌렸다.

하지만 다 끝났나 하고 언뜻 고개를 돌리니, 언니가 형부의 엉덩이를 문지르고 있었다. 꼭 보려던 것은 아니었지만 나는 형부의 새까만 엉덩이가 소년의 그것처럼 야위어 있는 걸 보고 말았다.

"좀 자요. 난 짱아랑 있을게."

"그래. 어쩌지. 귀여운 처제가 왔는데 놀아주지도 못하고, 무등도 못 태워주고."

"얼른 나스면 되잖아요, 그러니께……."

언니는 마치 예전의 나에게 하듯 이불을 여미어주고 형부의 가슴을 새근새근 두들겨주었다. 형부는 눈을 감았고 그 아픈 주사를 맞고도 아기처럼 편안한 얼굴이었다.

53

그날 저녁 어둠이라는 것이 그렇게 완벽하게 주변을 차단하는 것인지, 나는 처음 경험한다. 내가 살던 아현동에서는 아무리 불을 꺼도 어디선가 희미한 빛들이 들어와 결코 눈멀 일이 없었는데, 언니가 알전구를 끄자 그것으로 내 눈은 캄캄해지고, 아무리 방문을 닫아도 밤바람이, 박하사탕보다 맵싸한 밤바람이, 마치 유리 날처럼 창호지를 가르며 스며드는 것도 나는 그때 처음 경험한다. 초가집 지붕에 썰어놓은 고구마가 말라가고 있고 눈도 오지 않았는데 이른 새벽, 추수 끝난 논밭을 하얀 그물처럼 덮는 서리, 그렇게 큰 소가 그렇게 순하다는 것도, 그렇게 큰 가마솥에 그렇게 많이 하는 밥이 금방금방 없어지는 것을 보는 것도 처음이었다.

54

자리가 뜬 탓일까 쉽게 잠이 오지 않아서 내가 눈을 떠보았
더니 봉순이 언니는 빨간 원앙이불 밑에서 형부와 꼭 껴안은
채 자고 있었다. 그 빨간 원앙이불 위로 시린 얼굴만 내민 채
이마를 맞대고 자는 두 사람.

55

언니는 새벽에 일어나 잠에서 다 깨어나지 않은 내게 오줌
을 뉘고는 내 손을 잡은 채 어디론가로 바쁘게 걸어갔다. 언니
네 초가집과 좀 떨어진 곳에 있는 기와집에서는 벌써 굴뚝으
로 흰 연기가 오르고 외양간의 소가 풀을 씹고 있었다.

"늦었어유, 성님."

언니는 나이가 더 든 아낙들에게 바삐 인사를 하고 바가지
를 집어 들었다.

"짱이 여기 얌전히 있어. 언니 좀 바쁘니께."

언니는 나를 부뚜막 한쪽에 세워놓고 이내 고만이었다. 할

일이 아주 많은 것 같았다. 소쿠리에 든 것을 내가고 뒤 우물가로 가서 물을 길어오고. 하지만 할 일이 아주 많은 것은 봉순이 언니뿐만은 아닌 것 같았다. 여자들은 두 손과 두 발을 잠시도 쉬지 않으면서, 하지만 또 조금도 쉬지 않고 입을 움직이고 있었다. 부엌 귀퉁이 아궁이 불이 무릎을 따뜻하게 데워주는 벽 한구석에 머리를 기대고 나는 꾸벅꾸벅 졸았다. 그런 내 귀에 아낙들의 목소리가 머엉, 머엉 가까워졌다 멀어졌다 했다.

"조는 씻어놨어?"

"큰아버님 일어나셨남?"

"어제 읍내 가선 머루 아주버님 안 돌아오셨다?"

"새댁 배가 제법 부르네. 아들이어야 할 텐데. 지난번 큰집 서방님두 결국 딸 둘 남기고 갔잖여. 무슨 승이 씌었길래 형제 둘이 다 뇌짐으로 죽게 생겼댜. 그란데두 이 집 성님은 뭘 믿구 굿 한번 하지 않는 겨, 않기를……."

"바가지 엎어놓은 듯하면 딸이구 옆으루다 퍼지므는 아들인데 새댁은 영 바가지 엎어놓은 꼴이지."

"지렛김치가 맛있게 익었네. 성님 좀 잡쉬볼라요?"

56

그리고 양력으로 그해가 지나고 음력설이 오기 전 봉순이 언니는 다시 우리 집으로 찾아왔다. 미리 아무런 연락도 없던 터였다.

"지난번에 내가 미역 줘 보냈는데, 그건 다 어째구 이리루 오니, 이리루 오길."

봉순이 왔구나, 반기지도 못하고 어머니는 얼굴부터 굳어졌다.

"성님들이 아아는 친정에서 낳는 거라구 허데요."

봉순이 언니는 어머니의 굳은 얼굴을 눈치챘는지 못 챘는지 히히 웃었다.

"본 바 없이 태어났다구 욕 들을까 봐, 올래서 온 게 아니구 괜히 모래내 이모님이랑 아줌니까지 지 잘못 가르쳤다구 욕먹을까 봐 지가 왔어유, 걱정 마셔유 그냥 낳는 시늉만 하구 지가 미역국 다 끓여 먹구, 그리고 금세 갈 거예요."

어머니는 성가시고 불쾌한 표정이 역력했지만 배부른 봉순이 언니를 도로 내보낼 수도 없는 것 같았다.

그리고 며칠 후, 내가 일어나보니 벌써 언니 옆에 아이가 하나 누워 있었다. 언니가 나의 탄생을 묘사했을 때처럼 그렇게 빨간 얼굴이었고 못생긴 얼굴이었다. 나는 언니가 왜 갓 태어난 나에 대해 말하면서 예쁘다는 소리를 하지 않았는지 알 거 같았다. 문득 언니 곁에 누워 있는 아이가 나 같은 착각이 들었다.

어머니는 성가신 표정을 거두지는 않았지만 막상 아이를 안고는 흐뭇한 표정을 했다.

"아이구 일어나지 말아라. 누워 있어. 애 낳구 날아갈 것 같아도 그때가 바로 몸 아껴야 할 때인 거야."

재미있는 일이었다. 어린 봉순이 언니가 끓여주던 미역국을 먹고 나를 낳았던 어머니가 이제 봉순이 언니에게 미역국을 끓여다 주고 있었다.

"아줌니 바쁘실 텐데 지가 괜시리."

"그게 무슨 소리니? 이렇게 떡두꺼비 같은 아들 낳아서 돌아가게 됐으니 나도 떳떳하고 좋지……. 쯧쯧, 일어나지 말구 누워서 젖 먹여라. 아직 일어나 앉지 말어."

언니의 가슴팍에서 흰 배구공처럼 부푼 큰 젖이 나와 아이의 작은 입에 물려졌다. 그 젖보다 작은 머리통을 한 아이는 눈을 감고 새끼 양처럼 색색 숨소리를 내며 젖을 빨았다. 나는 하루 종일 언니의 곁에 붙어 앉아 홀린 듯 아이만 바라보고 있었다. 그러다가 아이가 자면 나도 그 옆에 누워 잤다.

"그나저나 목이 쉬어 큰일이구나, 윗집에 반장 집 아주머니가 어제 너 애 낳는 소리 땜에 잠을 못 잤다고 아까 미역을 사 가지고 왔다 가셨다."

어머니의 말에 봉순이 언니는 겸연쩍은 듯 고개를 숙이고 빙긋 웃었는데 그렇게 부끄러운 표정은 아니었다. 그러고 보니 내가 지난밤 꿈결처럼 들은 비명은 아마도 봉순이 언니의 산고를 알리는 소리였나 보다. 안방의 아버지 옆자리로 옮겨져 잠결 내내 그 소리를 귓가로 흘려들으면서, 또 그게 봉순이 언니의 비명이라는 것을 알고 설핏 잠에서 깨어났으면서도, 나는 조금도 이상해하지 않았었다. 그러니까 봉순이 언니하고 그런 소리하고 너무 어울린다는 생각, 아주 오래전부터 나는 알고 있었어, 언니는 늘 저런 비명을 지르고 잔다는 것을, 같은 생각이, 딱히 꼬집어 말할 수는 없었지만, 잠결에 설핏 들었던 거였다. 왜였을까.

57

아이는 아들이었다. 형부를 닮아서 얼굴이 좀 거무스레하고 투실한, 딸 하나만 두었던 형부의 첫아들이었다. 그러니까 거기까지, 어려운 고아로 자라나 남들 겪지 않아도 될 일들을 겪고 이제 좋은 남편을 만나 비로소 평범한 삶에 무난히 편입된 거기까지, 내가 봉순이 언니네 집에 가서 보았던 빨간 원앙이불 밑에서 길 잃은 고아처럼 이마를 맞대고 자던 두 사람의 얼굴, 영화로 치자면 그 장면에서 스톱모션을 건다면 얼마나 좋았을까. 그랬다면 이 소설도 그래서 잘 살았다더라, 투의 옛날이야기가 되고 말겠지만, 하지만 그러면 어떤가, 소설보다 삶이, 훨씬, 이라고 말하는 것조차 송구할 만큼 소중한 것이 아니던가. 그러니 그랬더라면 참 좋았을 것이다. 하지만, 그래, 어렵게라도 이야기를 이어가자. 이상하다. 갑자기 내 손은, 거의 능숙한 타자수만큼 자판을 두드려대는 내 손가락은 부드러움을 잃고 뻣뻣해지기 시작한다. 엉덩이는 고만 이 의자를 떠나고 싶어 하고, 갑자기 내 머릿속은 출판사에 전화를 거는 내 모습을 그리고 있다. 저기요, 이 소설 말고 다른 걸로 드릴게요. 이건 아직 완성하지 못하겠어요. 다 지워져버렸어요. 컴퓨터가 구형이라서…… 그러니까 정말 죄송하지만.

58

나는 아직 내 소설 속에서 늙어버린 사람을 주인공으로 삼
은 적은 없었다. 내가 쓴 소설의 주인공들은 모두 고난을 겪지
만 그 주인공들의 고난 때문에 내가 이토록 힘겨워한 적은 없
었다. 설사 있다 하더라도 그것이 그토록 힘겹게 느껴지지는
않았었다. 왜냐하면 그들은 젊었으므로 그래 젊어서 고생쯤
이야 '아름답다'라고도 할 수 있었고, 그러니 고난 없는 젊음
이란 때로 희망 없는 젊음이라고 생각하기도 했기 때문에. 그
런데 나는 이제 더 이상 젊지 않은, 예쁘지도 않고 돈도 없고,
가진 것이라고는 배고픈 아이들과 아직도 튼튼한 몸뚱이뿐인,

저물어가는 나이의 여자 이야기를 해야 한다. 그녀의 삶이 어떻게 미끄럼을 타고 하염없이 추락하는가를 그래, 나는 추락이라고 썼다. 나는 울타리에 뿔이 걸린 어리석은 양처럼 앞으로도 뒤로도 가지 못한 채 힘이 든다.

59

이상한 일은 형부가 자신의 그 귀한 첫아들을 낳았는데도 우리 집에 도무지 나타나지 않았다는 것이다. 한겨울이었으므로 농사일 때문이라고 짐작할 수도 없었다. 어머니는 아이를 낳고 예민해진 언니의 심기를 거스를까 봐 대놓고 언니에게 말을 하지는 못하는 것 같았다.

"설 전에는 내려가봐야 텐데, 애 아빠가 데리러 오긴 오는 거겠지?"

"그러겠죠."

봉순이 언니는 어머니의 의혹을 아는지 모르는지 아이에게 젖을 물리고 잠들고 그리고 밤이면 일어나 앉아 흐뭇한 표정으로 어딘가에 긴 편지를 쓰곤 했다. 그러던 어느 날 모래내 이모와 몇 번의 통화가 오간 후 어머니가 우리 방으로 들어섰다. 어머니의 얼굴은 아주 굳어 있었다.

"봉순아, 애기 애비 어디 있니?"

방 안에 널려 있던 기저귀를 개던 봉순이 언니의 손길이 문득 멎었다. 순간 봉순이 언니의 얼굴은 마치 누군가 자신의 아이를 빼앗아가려고 덤벼드는 걸 본 것처럼 겁에 질렸다.

"모, 래내…… 이모 말이…… 맞는 거냐?"

어머니의 목소리도 떨리고 있었다. 그렇겠지만, 틀림없는 사실이겠지만, 제발 아니라고 해다오 하는 절박함이 어머니의 얼굴에 어렸다. 봉순이 언니는 고개를 푹 떨구었다. 그와 동시에 어머니의 입에서 작은 탄식이 흘러나왔다.

"아니, 그럼, 그렇다면 결혼하기 전부터 이미 그런 상태라는 걸 속였단 말이냐? 세상에나 세상에나 속일 게 따로 있지! 어떻게 그렇게 나쁜 사람들이 있을 수가 있단 말이냐? 그러잖아도 처음 봤을 때, 얼굴색 파란 것이 마음에 걸렸는데 어떻게……. 천하의 나쁜 인간들 같으니라구. 어떻게 그런 사실을 숨길 수가 있는 거야, 어떻게!"

어머니는 말을 하다가 끊고 말을 하다가 끊고 했다. 죄인처럼 고개를 숙이고 있던 봉순이 언니가 어머니를 물끄러미 바라보다가 입을 열었다.

"속인 거 없어유, 아줌니. 그 사람 결혼하기 전에 지한테 다 말했어유. 허지만 꼭 나슬 거라구, 요즘은 약두 좋아졌으니께 꼭 나슬 거라구 해서……. 아줌니 걱정 마세유, 꼭 나슬 거예유, 그 사람. 지는 아직두 그렇게 믿구……."

"시끄럽다! 너 지금 그걸 말이라구 하니? 그럼 너 나한테 한마디 상의도 없이 다 알구선 결혼을 했단 말이니? 이것 아……."

어머니는 더 말하기가 괴로운 듯 이마에 손을 얹은 채 아무 말도 하지 않았다.

"글쎄. 아주머니 걱정 마세유. 큰집서두 지한테 걱정 말라구……."

"봉순아, 아무래도 이 아줌마가 옛날에 널 우리 집에 잘못 데리구 온 것 같다. 대체 왜 이렇게 풀리는 일이 없는 거니, 응……. 그래, 니 말대루 장 서방 마산요양소서 병 낫구, 그래, 그러믄 좋지. 하지만 만에 하나 아니믄, 그땐 넌 어떻게 할래. 막말루다 애기 큰아버지두 그 병으로 후사 없이 죽었다믄서 장 서방마저 그러믄, 결국 너 속여서 데려다가 그 집 손주 하나만 건진 셈이 되는 거다. 게다가 빚진 약값이며 농사일은 어떻게 할래? 니가 애 데리구 니가 이 창창한 나이에 니가 어떻게…… 대체 어떻게 하믄 좋단 말이니, 응?"

어머니는 봉순이 언니의 손을 붙잡고 눈물을 흘리기 시작했다. 소같이 순한 봉순이 언니의 눈에도 눈물이 맺혔지만 언니는 거짓으로는 보이지 않는 미소를 지으며 말했다.

"아줌니, 왜 그렇게 나쁘게만 생각하세요? 어차피 이렇게 된 거 지는 좋은 쪽으루다 생각허구 있어요. 나쁘게 생각헐려면 한두 끝두 있나요. 지랑 애기 아빠를 믿으세요. 이제 아들두 낳았구, 괜찮아요. 글쎄 괜찮다니까요. 지가 무슨 수를 써서라두 그 냥반 병 고치구야 말겠어요."

60

전화가 걸려온 것은 이른 새벽이었다. 잠을 자고 있는데 어머니가 봉순이 언니를 깨우는 소리가 들렸다. 봉순이 언니보다 내가 먼저 잠에서 깨어났다. 아직 창호지 문밖이 뿌옜다.

"봉순아 어쩌겠니, 일어나서 옷을 입어야겠다. 아저씨가 차로 데려다주신댄다. 애기 감기 안 들게 단단히 싸고."

잠이 깬 봉순이 언니에게 어머니는 다짜고짜 말했다. 봉순이 언니는 아직도 달콤한 잠에서 깨어나지 못한 얼굴이었다.

"어서 일어나 짐 싸거라."

어머니는 그 말만 되풀이했을 뿐 그대로 휑하니 방문을 나섰다. 어머니는 벌써 외출복 차림이었다. 봉순이 언니는 아무 말도 하지 않고 일어나 옷을 입었다. 꿀 같은 잠에서 깨어난 그녀의 얼굴이 조금씩 조금씩 굳어져가고 있었다. 그런 언니의 얼굴은 아직 산기가 빠지지 않아 부석부석했고, 그래서일까 가면처럼 딱딱해 보였다. 아이를 낳은 지 보름 만의 일이었다.

"봉순아. 짐 다 챙겨라. 아이는 춥지 않게 단단히 쌌겠지?"

방 밖에서 어머니가 다시 한 번 언니를 채근했다.

"엄마, 왜 그래. 무슨 일이야?"

가방을 챙기던 영아 언니가 방문을 나서는 어머니에게 조심스레 물었다.

"죽었댄다……."

어머니는 간단히 말했다. 아버지와 어머니, 그리고 봉순이 언니와 아기는 그렇게 집을 떠났다. 우리 세 형제는 멍하니 앉아 있다가 영아 언니의 채근으로 우유와 토스트를 먹었다.

"죽었다면, 그러니까 봉순이 언니 남편이 죽었다는 거야?"

토스트를 먹다 말고 오빠가 묻자, 영아 언니는 교복 칼라를 다리다 말고 잠시 오빠를 향해, 봉순이 언니 너무 불쌍하지 않니 하고 물었다.

61

"여보, 내가 여태 살면서 점을 치거나 무당을 찾거나 하는 사람들을 우습게 보았는데 봉순이 보니까 그게 아니란 생각이 들어요. 사람이란 타고난 운명이란 게 있나 봐요. 쟤가 저렇게 될 줄 알았다면 내가 저를 맡았겠어요?"

저녁상에 둘러앉아 어머니는 아버지에게 말을 시작했다.

"핏덩이 안구 울다가 쓰러지구 울다가 쓰러지구 하는데 볼 수가 없더라구요. 약값 한다구 물려받은 알량한 논 몇 마지기 다 날렸다니, 이제 어떻게 하느냔 말이에요. 난 봉순이가 나랑 눈을 맞출까 그게 겁나서 슬그머니 와버렸어요. 걔가 나

266

따라오겠다고 나서면 그건 또 어떡하느냔 말이에요. 나도 자식 셋이나 되는 사람인데 언제까지 지 뒷바라지만 할 수도 없고……."

아버지는 대답이 없었고 어머니도 더 말하지 않았다. 그날 저녁 우리 식구들은 상에 둘러앉아 묵묵히 저녁을 먹었다.

62

　전실의 소생인 큰아이는 우선 봉순이 언니가 자리를 잡을 때까지 큰집에서 맡기로 했다며 언니는 아직 백일도 안 된 아이를 업고 우리 집으로 왔다. 소복 차림의 언니는 방문을 닫고 어머니와 오랜 이야기를 나누었다. 모른 척하고 들어가보려고 했지만 들려오는 목소리는 아주 심각하고 낮았다. 잠시 후 봉순이 언니가 밖으로 나왔다.

　"왜 점심이나 해먹구 가지, 봉순아⋯⋯."

　"괜찮아요. 나오지 말구 그냥 계세요, 아줌니."

　봉순이 언니는 처네를 묶으며 묵묵히 고무신을 신고 헝겊으로 만든 커다란 기저귀 가방을 들었다.

"짱아 잘 있어, 언니 또 올게."

머리에는 상중임을 표시하는 흰 핀을 꽂고 토끼처럼 빨간 눈으로 언니는 나를 바라보았다. 그 순간 내 심장은 후욱 하고 멎을 것만 같았다. 그녀의 슬픔에 압도된 것이었을까, 지금까지도 잊을 수 없는 그 눈빛, 그건 내가 알던 봉순이 언니의 눈빛이 아니었다. 뭐랄까, 짓이겨지고 짓이겨지고 나서도 짓이길 수 없는 오만한 자존심이 그 안에 들어 있는 것 같기도 했고, 이제 벼랑 끝까지 밀려와본 자만이 가질 수 있는 달관이 엿보이는 것 같기도 했다. 그 눈빛, 그 눈빛으로 인해 나는 봉순이 언니가 이제 아주 멀어진 사람이라는 것을 실감했다. 언니는 이제 어떤 강을 아주 건너가버린 것 같았다. 나는 실제로 그러지는 않았지만 한 발짝 뒤로 물러서는 듯한 태도를 취했다.

봉순이 언니는 뒤도 돌아보지 않고 총총 대문을 빠져나갔다. 나는 주뼛거리며 그녀의 뒤를 따랐다. 대문을 나서서 몇 발짝 걷던 언니가 문득 뒤를 돌아보았다.

언니는 무슨 생각이 났는지 주머니를 뒤져 내게 10원짜리 동전을 하나 내밀었다.

나는 동전을 받으며 언니를 빤히 쳐다보았다.

"이걸로 사탕 사 먹고…… 어여 들어가. 언니 혼자 가두 돼."

"조기 가겟집까지만 따라갈게…… 근데 언니."

"응?"

"우리 집 이사 가두 애기 데리구 또 올 거지?"

아까부터 불안한 마음에 내가 물었다.

"이사 가니?"

처음 듣는 말이라는 듯 봉순이 언니가 되물었다. 이럴 줄 알고 내가 꺼낸 말이었다. 어머니는 봉순이 언니를 이제 고만 멀리하고 싶어 하는 것 같았고, 그래서 분명 이사한다는 사실을 가르쳐주지 않았을 거라고 나는 짐작하고 있었던 것이다.

하지만 그렇게 된다면 우리가 이사하고 난 다음 그녀가 찾아왔을 때, 그녀는 얼마나 황망할 것인가. 아마도 어린 시절 그녀가 나에게 했던 그 이야기 속의 주인처럼 대문을 열었는데 낯익은 얼굴은 다 어디 가고 없고 백색의 햇살 튀어 오르는 마당만 환하다면.

"응."

봉순이 언니는 아무 말도 하지 않고 등에 업은 아이를 훌쩍 고쳐 업었다.

"여기서 차 타구 15분쯤 가면 있는 아파트루 간대. 연탄 안 때두 스팀이라는 게 나와서 방이 뜨뜻하구 수도꼭지에서 뜨거운 물두 나오니까 목욕탕에 갈 필요도 없구, 그 동네는 계단이 없어서 애들이 자전거두 탈 수 있대⋯⋯."

나는 말을 하다가 입을 다물었다. 철없는 마음이었지만 봉순이 언니에게 이런 말을 늘어놓고 있을 때가 아닌데, 아마 이런 생각이 들어서였을 것이다.

"거기가 어딘데?"

"몰라, 새로 짓는 집이라는데. 아파트⋯⋯. 요 근처에선 하나밖에 없는 데니까, 금세 찾을 수 있을 거야."

"뭐 전화가 있으니께."

봉순이 언니는 이사 간다는 사실을 가르쳐주지 않은 어머니에 대한 서운함을 이렇게 표현했다. 이사를 가서 지역이 바뀌면 전화번호가 바뀐다는 걸 봉순이 언니도 나도 모르고 있을 때였으니까.

"아가 이름이 뭐야?"

내가 물었다.

"만식이."

나는 이름을 듣자마자 씨익 웃었다. 어린 마음에도 이름이 참 촌스럽게 들렸던 거다. 봉순이 언니가 웃는 나를 들여다보더니 잇몸을 드러내며 씨익 웃었다. 그때만은 예전의 그 웃음이었다.

"얼라, 우리 짱이 앞니 빠졌네."

나는 얼른 입을 다물었다.

"얼라꼴라리, 우물가에 가지 말어. 붕어새끼 놀라니께."

나는 이번에는 두 손으로 입을 가렸다.

"엄마가 일하는 애 아직 안 구했다구 하든?"

웃는 것도 잠깐 봉순이 언니의 목소리는 조심스러웠다.

"몰라."

곤란했으므로 나는 아주 어린아이처럼 단순하게 대답했다. 아마도 그녀는 혹시, 하는 희망을 품고 있었을지도 모른다. 우리 집으로 다시 돌아와 아이와 함께 우리 집 일을 보아주는 희망 말이다. 하지만 나는 이미 알고 있었다. 언니의 그 희망을 어머니는 이미 눈치채고 있을 뿐 아니라 언니의 그런 희망이 어머니에게는 이미 준비해야 할 공포가 되어 있다는 것을.

"말도 마라. 이젠 일하는 애라면 지긋지긋하다. 게다가 봉순이 그게 언감생심 핏덩이까지 데리구 다시 우리 집에 왔으면 하는 눈치를 보이는 거야. 안 되지, 마침 그 이사 가는 아파트 반장 집에서 사람을 하나 구해주겠단다. 아침에 왔다가 일만 해주구 저녁에 가는 아주머니래. 뭐 파출부라구 한대나……. 이젠 그런 사람 쓸 거야. 게다가 아파트라는 게 편리하긴 하지만 마당두 없구 이젠 남의 식구가 있는 게 걸리적거려. 대체 식모라는 게 있으면 편하지만 평생을 따라다니며 부모보다 더 책임을 져야 하니, 참⋯⋯."

봉순이 언니는 생각에 잠겨 아무 말도 하지 않고 다시 걷기 시작했다.

"참, 언니 나 그리구 핵교 간다."

생각에 잠겨 있던 봉순이 언니는 무슨 소리냐는 듯 고개를 들었다.

"봄 되믄 나 핵교 간다구."

"오? 으응⋯⋯ 그래 니가 정월생이니께⋯⋯ 일곱 살에 핵교 가는 거지. 그래 세월이 벌써 그렇구나."

"운화초등핵교라구 저 만리동 고개에 있는 덴데, 교복도 입는 사립이래. 아침마다 아파트 입구까지 학교 버스가 오는데 그걸 타구 핵교 간대. 교실마다 풍금이 한 대씩 있구, 엄마는 안 된다고, 언니 오빠 다니던 미동초등핵교 보내야 한다구 했는데, 아빠가 하두 우겨서 그냥 보내는 거래. 돈두 엄청 많이 드는데⋯⋯. 아빠는 내가 훌륭한 사람이 되려면 그런 환경에서 자라야 한다구 했대."

우리는 가겟집 앞까지 도달했다. 봉순이 언니는 내 말을 듣는 둥 마는 둥, 나 역시 내가 무슨 말을 하고 있는지 알지 못했다. 딸이 일곱이나 있는 칠공주네 가겟집이 다가오고 있었고 거기서 우리는 이별해야 한다는 걸 나는 알고 있었기 때문이었다. 그날 창백한 겨울 햇볕이 봉순이 언니의 흰 소복 어깨 위에서 부서지고 있었던가.

"고만 들어가. 언니 갈게."

나는 더 따라갈 수 없다는 것을 알고 있었다.

"알았어."

왠지 눈물이 나오려고 했다. 나는 그 자리에 서서 언니를 바라보았다. 흰 소복을 입은 언니는 한참을 걸어 내려가다가 잠시 멈추어 섰다. 혹시라도 그녀가 돌아보지는 않을까, 나는 눈을 떼지 않고 거기 서 있었지만 언니는 멈추어 선 그대로 아이만 풀썩 들추어 고쳐 업었을 뿐 그대로 길을 돌아 사라져 버렸다. 사라져간 그녀 모습의 잔영이 흰 손수건처럼 오래오래 내 눈앞에 아른거렸다.

63

집으로 돌아가니 어머니는 통화중이었다. 아마도 모래내 이모님인 것 같았다.

"그래. 또 돈 이야기지 뭐. 대체 약값 한다구 타간 돈도 벌써 얼만데. 너도 알다시피 요즘 아파트 융자금 때문에 내가 골치를 썩고 있는데 걔가 그걸 알기나 하겠니? 그저 아주머니는 자기보다 돈이 많으니까 돈이 있겠지 하는 거지. 그래, 내가 이번에는 냉정히 거절했다. 무슨 시가 쪽 삼촌인가가 구로동서 보신탕집을 하는데 거기 와서 일을 봐달라고 하는 모냥이야. 그래. 나도 할 만큼 했어. 자식이라도 나는 더 이상은 못 해준다. 대체 지난번 집 나갔다 왔을 때 개 수술시켰지, 시집보냈지, 남편 약값 물어줬지. 그래, 게다가 그 시집에서 고추 달린 핏줄이라고 애기를 달라는 모냥이야. 그래, 그러믄 좋지. 지두 나이 창창한데 수절을 하겠니? 나두 그렇게 이야기했는데 개가 그 말을 듣겠니? 생각해보니 지두 에미한테 버림받구 여기까지 온 건데 생각하믄 나두 더 뭐라 말을 못하겠더라. 지 맘에 그게 피멍이 들어 있을 텐데. 그래, 놔둬. 도와주지 못할 바에야 모른 척하는 수밖에 더 있니? 그래, 그리구 다음에 혹시 봉순이가 우리 이사 간 집 전화번호 묻거든 니가 적당히 알아서 둘러대라. 자꾸 와서 아쉬운 소리 하는데 안 줄 수도 없구 줄 수도 없구 나두 괴롭다, 정말."

64

그날 툇마루에 앉아 바라보았던 마당에는 엷은 햇살이 튀어 오르고 있었다. 나는 어머니의 통화 내용을 한 귀로 흘려들으며 모퉁이를 돌아 사라져간 봉순이 언니의 뒷모습을 떠올리고 있었다. 생각해보니 봉순이 언니의 얼굴은 아주 많이 야위어 있었다. 아마도 내 평생 보아왔던 그녀의 얼굴 중에서 가장 슬프고 가장 초라했던 얼굴이었을 것이다.

65

어떻게 알았는지 봉순이 언니는 그 뒤로도 가끔 우리 집에 찾아오곤 했다. 하지만 그런 만남도 그런 이별도 이젠 없었다. 학교에서 돌아오는 길에 벌써 어머니와의 어색한 만남을 끝내고 내 얼굴이나 보고 가겠다고 기다리고 있던 언니를 조금은 성가시고 부자연스러우며 쑥스러운 얼굴로 마주친 것이 그 이후의 만남의 전부였다. 그러니 나는 그날 사실은, 학교에 들어가기 전에, 아파트로 이사 가기 전에, 칠공주네 구멍가게 앞에서 봉순이 언니와 정말, 이별을 해버린 것이었다.

66

지금, 30년이 지난 지금도 나는 그녀의 얼굴을 자세하게 기억할 수 있다. 두툼한 눈자위와 뭉툭한 코, 엷은 곰보가 진 얼굴과 비어져 나온 입술, 웃으면 빨갛게 드러나던 잇몸. 내가 화가라면 나는 그녀가 늙어가는 모습을 순차적으로 그릴 수도 있으리라. 왜냐하면 그녀는 내 인생의 첫사람이었으니까. 어떤 얼굴로 변한대도 나는 그녀를 알아볼 수 있으리라. 하지만······.

어머니와의 전화를 끊고 나서도 나는 한동안 전화기가 놓인 탁자 곁을 떠나지 않고 앉아 있었다.

그 후로 봉순이 언니의 방문이 그렇게 얼마간 성가시고 부자유스러울 만큼 나는 잘 자랐다. 아버지의 회사는 더욱더 안정되어갔고, 언니 오빠도 어머니의 원대로 좋은 배지를 교복에 달며 잘 자라주었으니까. 우리는 더 넓은 아파트로 5년마다 한 번씩 이사를 갔고, 나는 내 조숙함을 여전히 잘도 숨긴 채로 자라났다. 그러니 아마 아버지의 바람대로 유학을 가고 대학 강단에 섰을 수도 있을 것이다.

하필 내가 대학에 들어갔던 그해부터 최루탄이 그렇게 많이 터지지만 않았어도, 그렇게 행복하게 자란, 앞이마에서 머리가 예쁘게 곱슬거리던 남자와 결혼을 하고, 평생 상스러운 말 한마디 입에 달지 않고 살아갈 수도 있었을지 모른다. 그건 미국 유학에서 돌아왔던 때부터 아버지의 오랜 바람이었다. 하지만 신의 바람도 있었다. 고맙게도, 내게 여자로서 이 땅에 살아가야 하는 것의 의미를 가르쳐주고, 제3세계, 식민지에서 자란 지식인이라는 것이 어떤 것인지 가르쳐준, 모욕과 참담함과, 절망이라고 이름 짓고 싶었던 순간들을 베풀어주신 신.

67

1990년대에 서른이 된 사람들은 일정한 공통점을 가지고 있다. 그들은 대학 시절 그들이 살아왔던 나날과는 다른 계급들을 만났고 그들을 위해 구체적 삶을 바쳤던 직접, 간접의 경험을 가지고 있었다. 나 역시 1981년 대학에 들어가 그들과 마주쳤다. 나는 알고 있었다. 졸업을 하고 노동운동을 해보겠다고 공장에 들어간 일도 있었지만, 나의 동기는 순수하지 못했다는 것을.

제발 이것이 80년대 순수한 이상을 위해 일했던 사람들에게 누가 되지 않기를 바라며 말하자면, 나의 동기는 죄책감이었다. 더 이상 집에 일하는 언니가 오지 않고 파출부 아주머니가 출퇴근하는 집에 있던 나. 대학 시절 공단에 관한 르포들을 읽으면서 나는 이제 더 이상 우리 집에 살지 않는 수많은 봉순이 언니들과 마주했다. 미자와 경자와 미경이와 그런 이름들이 거기서 살고 있었다. 그래서 나는 그곳으로 떠났던가?

그곳에 간 지 한 달. 명목상으로는 대학 졸업자의 신분을 들켜버린 셈이었지만, 내심으로는 나를 발각해준 공장주 측에 감사하는 마음도 있었으리라. 그곳을 떠나면서 나는 어머니가 봉순이 언니를 마음속에서 내쳐버렸듯이 내 마음속에 들어 있던 봉순이 언니를 내쳐버렸고 그 후로 다시는 그녀를 떠올린 적은 없었다.

68

그런데 내 친구의 말을 빌리자면, 내 생이 암전되어버렸던
어떤 순간 나는 그녀를 떠올렸던 것이다.

69

어머니의 전화를 끊고도 나는 한동안 그 자리에 쭈그리고 앉아 있었다. 문득 시계를 올려다보았다. 아마 지금쯤 공판이 시작되고 있을 것이다. 나는 이혼의 대가로 아이와 그의 집을 원했고 그는 한 푼도 줄 수 없다고 했다. 남편과 나의 대리인인 김모와 박모 변호사들이 남편과 나의 입장을 대신해서 조근조근하고도 조목조목 서로의 싸움을 대신해주고 있으며 어젯밤 부부싸움을 하고 출근한 판사들이 어떻게든 이성적인 표정을 지으려고 애쓰며 가정법원에 앉아 있으리라.

70

봉순이 언니는 그 후에도 끊임없이 남자들과 도망을 치고 다시 혼자가 되어서 돌아왔고 그때마다 아이를 하나씩 더 달고 왔을 뿐, 점점 더 가난뱅이가 되어갔다. 처음에는 집안의 누가 죽었을 때보다 더 놀라고 더 부끄러워하던 이모나 어머니도 점점 그에 대해 더 이상 길게 화제를 삼고 싶어 하지도 않았다. 원래 그런 아이였잖니. 거 뭐야, 세탁소 그 말대가리 같은 녀석하고 도망칠 때부터……. 게다가 갤 이용해 먹은 그놈들은 다 기반 잡고 잘되었다니까 말이야. 결국 새경 없는 머슴을 산 거지……. 그렇게 제 실속도 못 차리고, 그러고도 좋단다, 좋대.

두 사람은 옛이야기 하듯 가끔 웃기도 했다. 하지만 나는 안다. 그녀가 한 번 남자와 도망갈 때마다, 그녀가 얼마나 목숨을 걸고 낙관적이어야 했을지를. 그녀는 친구에게 말했을 것이다. 그 사람은 달라. 뭔가 운명을 느꼈다니까. 가엾어서, 그러고 있는 게 가엾어서 내가 도와주고 싶었어. 밥도 따끈하게 퍼주고 셔츠 깃도 깨끗하게 빨아주고 저녁에 돌아오면 대야에 물 데워서 따끈한 물에 발도 닦아주고 싶어. 게다가 엄마 손한번 못 느껴본 그 가엾은 아이들이라니…….

나는 안다. 그랬을 것이다. 낮잠에서 깨어나 누구나 고아처럼 느껴지는 그 푸르스름한 순간에 그녀는 우는 아이를 안아주었으리라. 아이의 눈에 세상이 다시 노르스름하고 따뜻하게 느껴질 때까지. 누군가 왕사탕을 내밀면 그것을 반으로 잘라 다시 입에 넣어주며 웃었으리라. 나누어 먹어야 맛있는 거야.

7l

나는 전화기를 바라보았다. 어머니가 전화를 끊기 전에 짧게 어머니를 불렀던 것은 왜였을까. 그건 '오십이 다 된 나이에 봉순이 언니가 남자랑 도망갔다는 게 정말이에요, 엄마?'라든가 하는 말이 아니었다. 그래, 결단코 그런 말은 아니었다.

72

"며칠 전 전철에서 한 여자를 보았어. 내 맞은편에 앉아 더러운 보따리를 끼고 졸고 있는 여자였는데⋯⋯. 가끔 잠에서 깨어나 여기가 어딘가 둘러보는 거야. 내 생각엔 아마 그 여자가 좀 정신이 나간 것 같았거든⋯⋯. 냄새가 심하게 났는지 옆에 앉은 아가씨가 코를 싸쥐고 불쾌한 얼굴로 일어서더군. 어떤 살이 찐 중년의 신사가 염치를 무릅쓰고 그 옆에 앉긴 했는데 그도 피곤하지만 않다면 절대로 이런 여자 옆에는 앉아있고 싶지 않다는 그런 표정이었어. 그동안 전철은 내가 내릴곳에 도착했어. 그러니까 사실 기회도 없긴 했던 거야. 게다가

내 인생이 요즘 얼마나 피곤해 있는 줄 엄마도 안다면……. 그
런데 문이 열리기를 기다리다가 문득 돌아봤을 때 놀랍게도
그녀가 날 바라보고 있었어. 설마 하는 눈빛으로. 희미한 확신
과 놀라움과 언뜻 스치는 그토록 반가움. 나는 돌아보지 않
았어. 어서 전철 문이 열리기를 기다렸다가 내려섰지. 엄마. 너
무 많은 세월이 지났고, 그녀의 얼굴이 가물거려서……. 그래,
그래서야, 그거지. 이제 와서 뭘 어쩌겠어. 30년이나 지났잖아.
그러니까……. 그러니까 말이야…… 그런데 그런데 날 더욱
뒤돌아볼 수 없게 만들었던 건, 그건 그 눈빛에서 아직도 버
리지 않은 희망…… 같은 게……. 희망이라니, 끔찍하게…….
그 눈빛에서……. 비바람 치던 날, 이상한 생각에 내가 문을
열었을 때 두 발을 모으고 애타게 날 바라보던 메리."

　나는 다시는 그 일로 어머니와 통화하지 않았다.

다시 가을이다. 창밖의 은행나무는 황금빛으로 찬란하다. 바람이 불면 수만의 나비 떼처럼 날개를 파드득거린다. 올해 초 저 나뭇가지에 처음 물방울만 한 새순이 돋을 때부터 나는 여기 앉아 저 나무를 바라보았다. 일 년도 못 되는 짧은 시간이었다. 그런데 오늘 나는 마치 저 나무를 아주 오래전부터 알고 있는 것만 같이 느껴진다. 저 나무의 일생을 다 이해하고, 마지막 순간 황금빛 꽃무리처럼 발화하는 그의 임종을 따스하게 지켜주며 여기 앉아 있는 것 같은 이상한 느낌.

생각해보면 어려운 시대에 절망하기는 얼마나 쉬운가, 허망해져버리기는 또 얼마나 쉬운가. 한때는 나도 허무의 뭉게구름 엷게 흩뜨리며 우아하게 도피하고도 싶었다. 절망하거나 허망한 사람은 아무런 책임을 지지 않아도 되는 것이니까. 허망의 구름다리 위에서 멀리 떨어져 바라보면 사유는 현실의 벽을 자유롭게 뛰어넘어 무궁무진 피어오르고 때로는 악마적으로, 그래서, 유혹적으로 아름다우리라. 그래, 그것은 달콤하고 서늘한 유혹이었다. 그러나 형벌처럼 내 마음 깊숙이 새겨진 단어 하나…….

희망을 가진다는 것은 얼마간 귀찮음을 감수해야 하는 것이다. 희망은 수첩에 약속시간을 적듯이 구체적인 것이고, 밥을 먹고 설거지를 하고 쓰레기를 치우는 것처럼 구차하기까지 한 것이지만, 나는 그저 이 길을 걷기로 했다. 왜냐고 묻는다면 할 말이 많을 것 같지는 않다. 그러니까 그건 내가 작가라서가 아니고, 내가 고상한 인간이어서는 더더욱 아니고 그냥 그것이 뭐랄까, 내 적성에 맞기 때문이라고 대답할 수밖에.

비록 너무나 짧은 엎드림으로부터 나온 상투적인 결론이라 해도, 나는 이 붓을 멈추지는 않으리라. 누구를 괴롭히기 위해서 살아가는 것이 아니듯이, 누구에게 잘 보이기 위해 살아가지도 않으리라. 나 자신을 믿고 나 자신에게 의지하며 그러고도 남는 시간은 침묵하면서, 고이는 내 사랑들을 활자에 담으리라. 가슴이 아플까 봐 서둘러 외면했던 세상의 굶주림과 폭력들과 아이들을 이제는 오래 응시하면서.

창밖으로 보이는 하늘은 잔뜩 흐려 있지만 바람은 온화하다. 이제 저 이파리 지고 나면 얼마큼 더 뒤척이다가 봄이 올까. 다시 잎이 필 때까지, 혹은 꽃이 질 때까지 가끔 눈 내리고 바람 불고 하는 일들이 일어나리라.

1998년 초겨울
공지영

이 책을 내고 나서 수소문으로 봉순이 언니를 만났다, 고 하면 사람들은 아주 놀라운 표정을 짓는다. 그래, 나는 이 책을 내고 나서 봉순이 언니를 만났다. 언니는 엄마와 이모들의 손에 이끌려 우리 집으로 왔다. 언니가 오기 전 몇 시간 동안 나는 집을 치우고 물건들을 정리하면서 아주 복잡하고 이상한 여러 가지 감정에 사로잡혔다. 약간 눈물이 날 것 같기도 하고 가슴이 뛰기도 하고, 실은 지금이라도 가능하다면 이 만남 자체를 취소해버리고 싶은 그런 심정이었다. 언니는 여전히 같은 얼굴이었다. 어쩌면 세월이 그렇게도 사람의 얼굴을 변하지 않게 하고 지나갈 수 있는지 모르겠다. 언니와 눈이 마주쳤을 때 나는 어린 시절의 짱아보다 더 부끄러웠고 실은 힘들었다. 언니는 물끄러미 나를 바라보다가 그 특유의 느리고 어눌한 말투로, 그대로네, 했다.

궁금해하는 독자들을 위해 언니의 사생활에 대해 말하지는 않으리라. 수없이 많이 들었던 질문, 이 이야기 전부 다 사실이에요? 하는 질문에 대해서도 나는 대답하지 않으려 한다. 다만 언니는 잘 살고 있었고 나는 별로 그렇지 않았다는 것만은 말할 수 있을 것 같다. 그래서 언니는 그냥 봉순이 언니고 나는 소설가가 되었는지도 모른다.

형벌 없이 글을 쓸 수 있을까? 나는 아니라고 말할 수 있다. 고통 없이 지혜를 얻을 수 있을까? 마흔 살이 훌쩍 넘어 나는 이제 아니라고 대답한다. 형벌과 고통과 가끔씩 하늘을 보고 나를 울부짖게 한, 뭐랄까, 불가항력이랄까, 아니면 운명 같은 것이 이제는 꼭 나쁜 것이 아님을 깨닫는다. 하지만 이것은 어디까지나 사후의 이야기일 뿐이니, 신이 내게 고통을 줄까 안이(安易)를 줄까, 물으면 나는 여전히 안이를, 깨닫지 못해도 좋고 멍청해도 좋으니 안이함을 주세요, 하고 겁도 없이 졸라댈 것 같다. 그래서 신은 우리 모두에게 물어보지 않고 불행을 내리나 보다. 실은, 불행처럼 포장되어 있는 보물덩어리의 상자를.

이번 여름 아우슈비츠에 갔었다. 초행이었다. 여행을 떠나기 전부터 아우슈비츠에 갈 일이 걱정이었다. 언젠가 음악을 하는 후배가 그 입구에 들어서자마자 허리가 휘어지며 그대로 기절했다는 이야기 때문일 것이다. 사춘기 시절 그 지겨운 조회시간에 기절 한번 해보는 것이 소원이었을 만큼 튼튼한 나는, 그것도 잊고 내 신경이 혹시 그 후배처럼 섬세할까 봐 겁이 났던 것이다. 크라카우를 출발한 버스가 아우슈비츠에 도착할 무렵 비가 내리고 있었다. 아주 가느다란 비였다. 멀리서 아우슈비츠가 보였는데 그것은 뜻밖에도 고즈넉하고 얼핏 평화로워서 아름다워 보이기도 했다. 그 입구에 쓰인 독일어 "노동만이 너희를 자유롭게 하리라" 하는 구호는 또 얼핏 얼마나 건전한 듯했는지.

버스 안에서 우리를 인솔하시는 신부님께서 아우슈비츠에 대해 설명을 해주셨다. 삼백만이 죽어간 유태인 수용소……. 신부님은 깊은 감정을 억누르신 듯했지만 나같이 숫자에 약한 인간들은 그저 무덤덤했다. 소말리아에서, 아프가니스탄에서, 보스니아 헤르제고비나에서, 그리고 지금 이라크에서 죽어간 사람들의 수만큼, 아니 가까이는 한국전쟁에서 죽어간 사람들의 수만큼 약간 끔찍하고 많이 무심했다. 그런데 그 아우슈비츠, 비둘기처럼 연한 회색빛 하늘 아래 지어진 붉은 벽돌집 안으로 내 구체적인 발이 한 걸음 들어섰을 때, 구토처럼 기억들이 몰려왔다. 안네 프랑크와 요한 모리츠, 빅터 프랭클과 막시밀리안 콜베 혹은 에디트 슈타인, 그리고 알프레드 델프……

그들은 모두 나치에 의해 수용소 안에서 희생되었고, 그리고 거기서 죽음으로써 영원히 살아난 이들이었다(빅토르 프랭클 같은 이는 죽지는 않았지만 그 역시 거기서 자신의 낡은 자아를 죽이지 않으면 안 되었으므로). 나는 그 수용소 진열장에 작은 언덕처럼 쌓인 인간의 잘린 머리칼과 신발, 아이들의 부서진 인형들을 보면서 그들이 그 책을 통해 내게 했던 말들을 기억해냈다. 한 조각의 빵을 위해 서로 밀고하고 죽어갔던 사람들, 잠 못 이루는 밤 자리에 누워 나는 라이프치히 은행장이었어, 나는 바르샤바의 대학 총장이었네, 하는 말들을 비웃으며 내일은 누가 빵을 더 차지할까를 고민하던 사람들, 추상적 의미의 빵이 아니라 진짜 손바닥보다 작은 그 빵 한 조각을 위해서라면 어제의 대학 총장이 어제의 은행장을 고발해 죽일 만큼 벌레 둥지 같던 그곳. 단테의 『신곡』「지옥」편에 나오는 말대로라면 "여기 들어오는 자 모든 희망을 버리라"는 곳. 나는 그들의 글을 기억해냄으로써 생생하게 그 현장의 목소리를 들을 수 있었다. 그들이 아니었다면, 통계뿐이었다면, 나는 아우슈비츠를 그렇게 생생한 역겨움으로 느끼지 못했을지도 모른다.

『봉순이 언니』를 낼 무렵 사회학을 공부하던 친구가 내게 했던 말이 이제야 떠올랐다. 역사가 기록하지 못하는 그 갈피, 분명 오래도록 존재했으나 계급으로 자리 매기지 못한 과도적인 계급인 식모, 그걸 그려내다니, 이건 소설가만이 할 수 있는 일이었어, 라는 그 말 무슨 말이었을까. 아우슈비츠를 떠나면서 나는 처음으로 내가 소설가라는 것이 다행스러웠다. 문학이 대체 무슨 일을 할 수 있을까, 문학은 혹시 그저 고급스러운 오락이 아닐까 괴로웠는데, 평생 처음으로 그랬다.

왜냐하면 무슨 일인지 모르지만 악은 참으로 거창하고 선은 실은 아주 작다는 것을 알게 되었기 때문이다. 아우슈비츠의 거대함을 이긴 것은, 안네 프랑크의 천진한 마음, 콜베 신부님의 목숨을 내놓는 한순간의 결단…… 그리고 고문 속에서 자신감이 찢겨진 후, 비로소 자유라는 것의 실체를 깨달아간 알프레드 델프 같은 사람들, 실은 그들은 희생되었고 그들은 무력했고 실은 졌는데, 내가 마음속으로 경멸하고 우습게 여기던 그 작고, 어리석고, 바보 같은 마음들이 인류 최초의 살인 공장 아우슈비츠를 더 이상 지옥으로 만들지 않을 수도 있다는 것을 알았기 때문이다. 그리고 그걸 그려내는 데 소설이란 아주 좋은 형식이라는 생각이 들었기 때문이다. 우리는 자주 풍경과 통계에 속으니까. 헤세나 토마스 만 같은 소설가들이 없었다면 나는 독일의 아름다운 마을들을 스쳐 지나가며 저들은 무조건 행복하겠다, 했을 것이다. 헤닝 만켈 같은 작가가 없었다면 나는 이혼율 1위인 스웨덴인들이 이혼 후에 마치 우리와 똑같이 그렇게 극심한 후유증에 시달리는지도 몰랐을 것이다. 풍경과 통계로부터 자유로워져서 우리를 모두 다 같은 인간이라고 말해주는 유일한 것, 그것은 어쩌면 소설이 아닐까, 엉뚱하게도 아우슈비츠를 나서는데 그런 생각이 스쳐갔던 것이다.

어느 순간 우리는 멈추어 서서 혼란에 빠진다. 내가 더 많이 줄까 봐, 내가 더 많이 좋아하고, 내가 더 많이 사랑할까 봐⋯⋯. 나 역시 그런 생각을 했고, 사랑한다는 것은 발가벗는 일, 무기를 내려놓는 일, 무방비로 상대에게 투항하는 일이라는 것을 알게 되었다. 토마스 만의 말대로 "더 많이 사랑하는 사람이 언제나 지는 법"이라는 악착스러운 진리도 알게 되었다. 그런데 문득 그런 생각이 들었던 것이다. 그래 더 많이 사랑하지도 말고, 그래서 다치지도 않고, 그래서 무사하고, 그래서 현명한 건 좋은데 그렇게 해서 너의 삶은 행복하고 싱싱하며 희망에 차 있는가, 하고. 그래서 그 다치지도 않고 더 많이 사랑하지도 않아서 남는 시간에 너는 과연 무엇을 했으며 무엇을 하려고 하는가, 하고.

누군가 내게 말했다. 『봉순이 언니』를 쓰고 나서 넌 아마 적어도 5년 동안은 소설을 쓰지 못할 거야. 무심히 흘려버린 그 말이 떠올랐다. 『봉순이 언니』를 발표하고 5년이 다 지난 올해서야 겨우 소설을 끼적이기 시작한 걸 보면 그 친구의 예언이 밉고 무섭기도 했다. 하지만 한편으로 다시, 앞으로 또 5년을 쓰지 못한다 해도, 나는 『봉순이 언니』가 신기하고 자랑스럽다. 그것은 전적으로 내가 아니라, 1960년대의 내 가족, 내 동네, 우리 서울과 대한민국 모든 사람들이 어울려 불러낸 노래들이었고, 나는 다만 운이 좋아 그것을 기록할 영광을 얻었을 뿐이다.

당신이 어떤 사람을 미워한다면 그 사람 안에 있는 당신의 한 부분을 미워하는 것이라고 한다. 우리 자신 안에 있는 것이 아니라면 결코 우리를 불편하게 하지 않는다고. 나는 이제 봉순이 언니 같은 사람을 미워하지 않으려고 한다. 생각해보면 더도 덜도 아니고 우리 모두가 가여운 영혼들, 오늘 밤 이곳 운교리에 뜬 별처럼 실은 소중하고 경이로운 존재들이라는 생각이 이 여름 내내 나를 붙들고 놓아주지 않는다.

별과 바람과 나뭇잎과 하느님, 그리고 사람들을 향해 감사하다고 말하고 싶다.

2004년 입추 부근
운교리에서 공지영

봉순이 언니

초판 1쇄 1998년 11월 30일
제2판 1쇄 2004년 9월 10일
제3판 1쇄 2010년 3월 22일
제4판 1쇄 2017년 4월 20일
제4판 5쇄 2024년 1월 25일

지은이 | 공지영
펴낸이 | 송영석

주간 | 이혜진
편집장 | 박신애 **기획편집** | 최예은 · 조아혜
디자인 | 박윤정 · 유보람
마케팅 | 김유종 · 한승민
관리 | 송우석 · 전지연 · 채경민

펴낸곳 | (株)해냄출판사
등록번호 | 제10-229호
등록일자 | 1988년 5월 11일(설립일자 | 1983년 6월 24일)

04042 서울시 마포구 잔다리로 30 해냄빌딩 5 · 6층
대표전화 | 326-1600 **팩스** | 326-1624
홈페이지 | www.hainaim.com

ISBN 978-89-6574-576-1

파본은 본사나 구입하신 서점에서 교환하여 드립니다.